시와소금 테마시집

코

시와소금 테마시집

코

김광규 외 186명

시와소금

시와소금, 소금시집 판매

시와
소금
· 24436 강원도 춘천시 충혼길20번길 4, 시와소금 | ☎ (02)766-1195, 010-5211-1195
· 전자주소: sisogum@hanmail.net | 다음카페: http://cafe.daum.net/poemundertree

이 시대의 서정이 살아있는 시, 새로운 상상력과 이미지를 추구하는 시를 발굴하고 소개하는 《시와소금》에서는 올해도 소금시 앤솔로지를 펴냅니다. 2013년엔 〈소금〉을, 2014년엔 〈술〉을, 2105년엔 〈혀〉를, 2016년엔 〈살〉을, 2017년엔 〈귀〉를, 2018년엔 〈눈〉을, 2019년엔 〈발〉을 테마시집으로 발간하였습니다.

올해의 테마시집의 주제는 우리 몸의 호흡과 후각기관인 〈코〉로 삼았습니다. 그런데 공교롭게도 신종 코로나19가 창궐하여 숨 쉬는 일과 냄새 맡는 일이 새삼 소중함을 깨닫게 해주었습니다.

전국에서 187명의 시인이 코의 존재가치와 코로 인해 빚어진 삶의 내력들을 진솔하게 짚어주셨습니다. 각자의 개성적인 표현을 통해 살아서 움직인다는 것의 소중함을 새삼 깨닫게 해주었습니다.

이제, 시를 사랑하는 분들 앞에 『소금시-코』를 자랑스럽게 선보입니다. 이 시집에 수록된 작품들을 통해서 서로 소통하는 환한 세상이 만들어졌으면 좋겠습니다. 이 화사한 봄날, 건강과 함께 건필하시기를 기원드립니다.

| 차례 |

| 소금시 - **코**를 펴내면서 |

ㄱ-1

강금희 _ 개코 • 12

강상기 _ 코 • 13

강영은 _ 에스키모 인사 • 14

강영환 _ 코가 빠지다 • 15

강중훈 _ 제로지대 • 16

고명자 _ 우리가 점점 피노키오의
코를 닮아 갈 때 • 17

고성만 _ 싸락눈 내릴 때 • 18

고영미 _ 숨길 • 19

고현수 _ 프리지아 • 20

공광규 _ 시래기 한 움큼 • 21

공재동 _ 코 • 22

구재기 _ 고운 매듭 • 23

권선옥 _ 새우젓 독 • 24

권영상 _ 비밀 • 25

권정남 _ 내 안의 코끼리 • 26

권정희 _ 코 없는 돌부처 • 27

권혁수 _ 가고 싶어 • 28

금시아 _ 엄마의 봄은 코끝에서
오보된다 • 29

김경숙 _ 라일락과 들국화가
다른 계절이듯 • 30

ㄱ-2

김광규 _ 사라진 냄새골 • 32

김광기 _ 비린내 • 33

김금분 _ 코의 힘 • 34

김도향 _ 코 • 35

김명아 _ 코에 말을 걸다 • 36

김미아 _ 팬지 • 37

김 빈 _ 코뚜레 • 38

김선아 _ 코 • 39

김선희 _ 내 탓이오 • 40

김성호 _ 어미 냄새 • 41

김소해 _ 깊은 맛 • 42

김송포 _ 백 미터 전에서 맡은 냄새 • 43

김양숙 _ 불끈 일어서는 욕 • 44

김완하 _ 안동행 • 45

김인구 _ 구멍을 위한 농담 • 46

김임순 _ 코 풀기 • 47

김재천 _ 피노키오의 코 • 48

김정미 _ 망고가 망고에게 • 49

김종원 _ 생명의 소리, 문득 코끝에
달라붙는 • 50

김지헌 _ 부재不在 • 51

김진광 _ 클레오파트라 • 52

김차순 _ 소환된 추억 • 53

김찬옥 _ 팝콘으로 지은 왕국 • 54

김향미 _ 꿈꾸는 냉장고처럼 • 55

김현지 _ 박꽃 피던 날 · 2 • 56

김혜천 _ 비말飛沫 • 57
김효정 _ 이별 알러지 • 58

ㄴ~ㅂ-1

나고음 _ 나의 후각 더듬이 • 60
나호열 _ 코에게 묻다 • 61
남연우 _ 영원한 웃음 • 62
노혜봉 _ 피터 팬이 메고 온
　　　　눈꼽재기 창문엔 콧물 범벅 • 63
려　원 _ 곤드레나물 • 64
류미야 _ 꽃 피는 아홉 살 • 65
문리보 _ 코뚜레 • 66
문삼석 _ 틈틈이 • 67
문창갑 _ 숨어 피는 꽃 • 68
박광희 _ 내 코 • 69
박남희 _ 사라진 냄새 • 70
박노식 _ 생존의 코 • 71
박대성 _ 콧물 • 72
박두순 _ 코가 없다 • 73
박명숙 _ 불 꺼진 코 • 74
박미숙 _ 샤넬 넘버 5 • 75
박미자 _ 콧대는 콧대다 • 76
박복영 _ 물끄러미 • 77
박분필 _ 난쟁이 엿장수 • 78
박수현 _ 삼월 그리고 오렌지 • 79
박영미 _ 코라는 기억 • 80

박옥위 _ 코를 경배하며 노래 부르다 • 81
박옥주 _ 입보다 먼저 • 82
박일만 _ 코 • 83

ㅂ-2~ㅅ

박정숙 _ 춘향이 코를 꿰어 • 86
박해림 _ 약코 • 87
배세복 _ 콧대를 짓이기다 • 88
백우선 _ 우공 • 89
백이운 _ 코 • 90
백혜자 _ 위험한 행렬 • 91
복효근 _ 코에 대한 몽상 • 92
서범석 _ 착한 괴물 • 93
서정임 _ 코를 잘랐다 • 94
서정화 _ 그물코의 물리적 기억 • 95
성영희 _ 봄바람이 슬쩍, • 96
손석호 _ 시큰거린 이유 • 97
송경애 _ 코와 키스 • 98
송과니 _ 최면적인 냄새 쫓아서 • 99
송병숙 _ 뿔의 기억 • 100
송연숙 _ 나비뼈 • 101
신명옥 _ 현문玄門 • 102
신미균 _ 애인 • 103
신사민 _ 나무와 사람 • 104
신원철 _ 숨 쉬는 먼지 • 105
신필영 _ 후각 • 106

심동석 _ 봄 하늘을 오르는 코 • 107

◉-1

안명옥 _ 코 • 110
안영희 _ 눈멀고 귀 먼 다음 • 111
양소은 _ 슬픔의 냄새가 두근거리다 • 112
양승준 _ 냄새에 대하여 • 113
양점숙 _ 코, 그 오묘한 • 114
양창삼 _ 곰삭은 인생 코끝에서
          터지는 • 115
염창권 _ 부비동副鼻洞 사원에서 • 116
오승희 _ 나 홀로 에스프레소 • 117
오영미 _ 죽음의 축제 • 118
오원량 _ 콧대 높이고 • 119
우정연 _ 냉갈 냄새 • 120
유승도 _ 한겨울 산중에 꽃이 피었다 • 121
유영화 _ 내 코의 안내방송 • 122
유자효 _ 코 • 123
유현숙 _ 미황사에서 • 124
윤석산 _ 콧대 • 125
윤용선 _ 냄새는 코의 탓이 아닙니다 • 126
이강하 _ 향기 • 127
이 경 _ 엄마의 베개 • 128
이경옥 _ 코가 막히다 • 129
이귀영 _ 숨 노래 • 130
이남순 _ 감국 향기 • 131
이 명 _ 코를 키우다 • 132

이명옥 _ 속내 • 133
이미순 _ 코 • 134
이병달 _ 코 • 135

◉-2

이사라 _ 콧물 • 138
이사철 _ 법화 • 139
이서빈 _ 스핑크스의 절규 • 140
이 섬 _ 코가 먼저 호강한다 • 141
이성웅 _ 코방아 • 142
이승용 _ 냄새의 힘 • 143
이승은 _ 코랑코랑 • 144
이승하 _ 코가 없다 • 145
이여원 _ 소나기 • 147
이영춘 _ 할머니의 콧노래 • 148
이원오 _ 기어코 한사코 정녕코 • 149
이은겸 _ 아버지 • 150
이은봉 _ 코, 쏙 빠트린 날 • 151
이은주 _ 냄새의 행패 • 152
이정란 _ 극점 • 153
이정록 _ 코를 가져갔다 • 154
이종완 _ 코 무덤 • 155
이태수 _ 코 없는 돌부처 • 156
이화주 _ 코가 잠들면 • 157
임동윤 _ 어머니의 방 • 158
임문혁 _ 아담의 코 • 159
임양호 _ 경자년의 봄 • 160

임연태 _ 허수아비에게 • 161
임영석 _ 주목나무 방석 코 • 162
임지나 _ 희귀한 연애 • 163

장승진 _ 코가 땅에 닿게 • 166
장옥관 _ 고등어가 돌아다닌다 • 167
전순복 _ 냄새 • 168
전흥규 _ 숨 • 169
정경해 _ 코로나19 • 170
정선희 _ 짧은 기억 • 171
정 숙 _ 코, 자가 격리 중 • 172
정연희 _ 파수견 • 173
정이랑 _ 곽앤신이비인후과 • 174
정일남 _ 창조주의 신비 • 175
정종숙 _ 어느 기도 • 176
정중화 _ 향기에 대하여 • 177
정하해 _ 여래와 여래 사이 • 178
조성림 _ 코 • 179
조승래 _ 코로 만나다 • 180
조연향 _ 코가 사라졌다 • 181
조정이 _ 나의 피앙새 • 182
조태명 _ 심판관 • 183
주경림 _ 그저 그냥 그렇게 • 184
진명희 _ 코의 미학 • 185
진순분 _ 쇠똥구리 함성 • 186

채재순 _ 낙타 • 188
최금녀 _ 냄새 • 189
최숙자 _ 고삐 • 190
최순섭 _ 코로 나온 봄 • 191
최영철 _ 코코코 • 192
최자원 _ 에미 코를 닮아 • 193
최정란 _ 피노키오 • 194
최현순 _ 독구 • 195
하두자 _ 와인, 넝쿨 쿵쿵 • 196
한경용 _ 연어 • 197
한성희 _ 코끝으로 울었다 • 198
한승태 _ 사소한 구원 • 199
한이나 _ 청호반새, 저 꽃잎 • 200
허 림 _ 삐뚤어진 코 • 201
허 석 _ 코를 골다 • 202
허형만 _ 코 • 203
현종길 _ 코, 거꾸로 가는 세상을 알지 • 204
홍사성 _ 콧대를 꺾다 • 205
홍재현 _ 코끼리 코가 긴 이유 • 206
홍진기 _ '코'로나 벌 받기 • 207
황미라 _ 민들레비누 • 208
황상순 _ 모선母船 • 209
황서영 _ 코 • 210

ㄱ-1

강금희 __ 개코

강상기 __ 코

강영은 __ 에스키모 인사

강영환 __ 코가 빠지다

강중훈 __ 제로지대

고명자 __ 우리가 점점 피노키오의 코를 닮아 갈 때

고성만 __ 싸락눈 내릴 때

고영미 __ 숨길

고현수 __ 프리지아

공광규 __ 시래기 한 움큼

공재동 __ 코

구재기 __ 고운 매듭

권선옥_새우젓 독

권영상 __ 비밀

권정남 __ 내 안의 코끼리

권정희 __ 코 없는 돌부처

권혁수 __ 가고 싶어

금시아 __ 엄마의 봄은 코끝에서 오보된다

김경숙 __ 라일락과 들국화가 다른 계절이듯

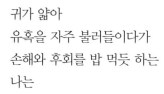

강
금
희

개코

귀가 얇아
유혹을 자주 불러들이다가
손해와 후회를 밥 먹듯 하는
나는

코까지 개코라서
입 냄새를 못 참아
멀쩡한 가슴을 피하고
고약한 냄새에 약해
진미 홍탁삼합까지 놓치기 일쑤이다

기생충*의 박 사장처럼
반지하 냄새에 찔려
목숨을 잃을 수도 있음을 보고

정치가 문드러지는 냄새도
광란의 시궁창 냄새도
못 맡으려 마스크를 쓴다.

* 기생충 : 봉준호 감독의 영화

강금희 _ 2014년 《미네르바》 시 등단. 2006년 《현대수필》 등단. 시집으로 〈잠의 반덕〉과 수필집 〈함께 걸어요〉가 있음.

코

강
상
기

코가 있으면 뭘 해
냄새를 맡지 못하는데

최루가스 냄새를 맡던 그 코는 어디로 갔어
사회의 온갖 더러운 냄새를 맡던 그 코는 어디로 갔어

똥밭에서 살다 보니 더러운 냄새도 모르는
나만의 특별한 자가 되었어

코가 막히니 숨도 가쁘게 헐떡이고
마스크로도 걸러지지 않는 미세먼지 속

병든 호흡기에 자리한 코로나19가
함께 살자고 설치는 세상이 되었어

강상기 _ 1946년 전북 임실 출생. 1966년 《세대》, 1971년 동아일보 신춘문예 등단. 시집으로 《이색풍토
》 《철새들도 집을 짓는다》 《민박촌》 《와와 쌰쌰》 《조국연가》 《고래사냥》이 있음. 산문집 《빗속에는 햇빛이
숨어 있다》 《자신을 흔들어라》 등.

강
영
은

에스키모 인사

에스키모인들은 코를 비비는 것으로 인사를 대신 한다 주먹만 한 코를 부비며 세상에서 가장 작은 동굴에서 흘러나오는 숨결을 채집한다

모닥불 주위에 둘러앉은 코들은 머리에서 발 끝까지 냄새를 공유한다 동굴에 침입한 것이 천사인지, 악마인지, 냄새 속에 흘러 다니는 영혼을 분별한다

북극곰의 발자국 같은 코가 마가목 열매처럼 익어갈 때 이빨에 남은 생선 찌꺼기와 위장에 저장해둔 마른 열매로 부족의 안부를 묻는다

입맞춤이 필요한 코는 코를 둘 곳을 고민하고 코의 행방이 으슥할수록 여자들은 아이를 낳고 북극곰의 털에 싸여 아이의 코는 긴 겨울밤을 녹인다

봄이 오면, 턱수염을 밀 새도 없이 빙산과 눈보라를 건너온 코끼리 만나 대륙을 건너온 코끼리처럼 코를 비빈다

얼어붙은 바람 속에도 꽃은 핀다고, 툰드라의 꽃처럼 서로의 숨결을 횡단한다

강영은 _ 2000년 《미네르바》 등단. 시집으로 〈녹색비단 구렁이〉 〈최초의 그늘〉 〈풀등, 바다의 등〉 〈마고의 항아리〉 〈상냥한 시론〉 외 아르코창작기금 수혜, 세종나눔 도서선정 등. 한국시문학상, 한국문협작가상, 문학청춘 작품상 수상.

코가 빠지다

햇살 데려다 놓은 창가에서
뜨개질을 하는데 코가 빠졌다
짜놓은 앞판이 망가진다
빠진 코를 건질 수가 없어
다시 판을 시작한다

코가 꺾여 고개 숙이고 가다가
바다를 만나 코가 빠졌다
코를 세우라고 몰려오는 파도
해벽을 때린다 무너지라고
몸부림치는 바다를 갈라 코를 건졌다

팥죽을 끓이며 휘젓는데
솥 안에 코가 빠졌다
죽에 스며든 코를 건질 수가 없다
가슴을 저어 감출 수밖에
죽 한 그릇 나이를 먹었다

강영환

강영환 _ 경남 산청 출생. 1977년 동아일보 신춘문예로 등단. 1979년 《현대문학》 시 천료, 1980년 동아일보 신춘문예 시조 당선. 시집으로 〈붉은 색들〉〈술과 함께〉〈쑥대밭머리〉 외 27권. 이주홍 문학상. 부산작가상 등 수상.

제로지대

강중훈

　아침 해를 본다. 모로 누어 코를 고는 해, 그 위로 눈 내리고, 눈 속에 숨어버린 동화 속 잃어버린 유리 구두 파편이 박혀 있는 별의 바스락거림, 불안한 것은 보이지 않는 것이고 보이지 않는 것은 감춰진 것이고 감춰진 것은 아름다운 것이라는 별들의 속삭임. 눈은 계속해서 내리고 특별히 불안할 것도 없는 나의 별들이 눈 속에 숨어버린 시간, 아침 해는 아직도 코를 골고 눈의 무게는 아직 가벼워. 새벽녘 암캐가 닭 한 마리를 물어 죽이는 장면에서 밀려오는 허기, 부른 헛배가 둥둥 하늘을 떠다녔다. 암캐가 긴 혀를 빼고 침을 흘릴 즈음 라이너 마리아 릴케도 닭의 죽음을 노래하고, 목청을 찢어대던 암캐는 얼얼한 새벽 창가에 널브러졌다. 눈은 계속해서 내리고 나의 꿈은 덜 깨고. 암캐의 가랑이에서 배시시 떠오르는 해.

강중훈 _ 1993년 《한겨레문학》 등단. 시집으로 〈오조리, 오조리, 땀꽃마을 오조리야〉 〈가장 눈부시고도 아름다운 자유의지의 실천〉 〈작디작은 섬에서의 몽상〉 〈동굴에서 만난 사람〉 등 다수. 제주문인협회장과 국제pen 제주지역위원장 역임.

우리가 점점 피노키오의 코를 닮아 갈 때

고
명
자

거짓말이 눈에 잘 띌 수 있도록
신호등의 높이로
십자가의 높이로
불안 공포 의심의 퇴치용으로

부처 얼굴에 피노키오의 코를
예수 얼굴에 피노키오의 코를

거짓말 한번 해 보이겠습니다
여차하면 재채기를 퍼트리겠습니다
모두들 돈과 봉투를 준비해주시기바랍니다

예수의 코를 납작하게 만들려거든
닭이 3번 울기 전까지
십자가를 더 높이 들어주시기 바랍니다

밋밋해진 부처의 코를 간절히 원하시거든
반성하십시오
반쯤 내려감은 눈으로
자신의 코끝을 잊어버릴 때까지

고명자 _ 2005년 《시와정신》 등단. 시집으로 〈그 밖은 참. 심심한 봄날이라〉 외 1권. 《시와정신》 편집 차장. 2018년 백신애창작기금 수혜.

고
성
만

싸락눈 내릴 때

명란젓 사려,
창란젓 사려,

다급하게 쫓아나간
어미의 손에서 건네지는
둥글둥글 어여쁜 여러 꿰미 달걀들
녹두 팥 찹쌀 고추 깨 등속
건네받는 젓갈장수 사내

어따 그놈,
코가 좋아 크게 되것네!
대수롭지 않게 던진 말에
우물로 달려가서
오래오래 내 모습 비춰보고는
자주 읍내로 나가는 길가에 서성였던 것인데

올해 또 싸락눈 내릴 때
그 사내
어떻게 살다 어디서 죽었는지

갈치속젓 사려,
황새기젓 사려,

고성만 _ 1998년 《동서문학》 등단. 시집으로 〈올해 처음 본 나비〉 〈슬픔을 사육하다〉 〈햇살 바이러스〉 〈마네킹과 퀵서비스맨〉 〈잠시 앉아도 되겠습니까〉가 있음.

숨길

코에는 코만 아는
지도가 있지.
한참 동안 끊어진 기억을
찾을 때 쓰는 촘촘한 지도.

추억을 찾거나
맛을 찾거나
보고픈 사람을 떠올릴 때
별걸 다 알려주는 지도가 있지
벌름벌름 코만 아는
행복한 숨길이 있지.

고
영
미

고영미 _ 2011년 《아동문예》 신인상 등단. 동시집으로 《떡갈나무의 소원》이 있음. 황금펜아동문학상, 제7회 월간문학상 수상.

고
현
수

프리지아

한 다발 쥔 손
프리지아

마음속 향기
코끝 스쳤는데

언제였지
내가 묻는데

먼 기억이
꽃을 피웠다

프리지아야
노랗게

웃는
13월 향기

고현수 _ 2002년 강원일보 신춘문예 등단. 시집으로 〈흰 뼈 같은 사랑〉 〈하늘편지〉 〈모옹〉 있고, 산문집
으로 〈선물〉이 있음.

시래기 한 움큼

공
광
규

빌딩 숲에서 일하는 한 회사원이 파출소에서 경찰서로 넘겨졌다
점심 먹고 식당 골목을 빠져나올 때
담벼락에 걸린 시래기 한 움큼 빼서 코에 부비다가
식당 주인에게 들킨 것이다
"이봐, 왜 남의 재산에 손을 대!"
반말로 호통치는 식당 주인에게 회사원은 미안하다며
사과했지만 막무가내 식당 주인과 시비를 벌이고
멱살잡이를 하다가 파출소까지 갔다
화해시켜보려는 경찰의 노력도 그를 신임하는 동료들이 찾아가 빌어도
식당 주인은 한사코 절도죄를 주장했다
한몫 보려는 식당 주인은 그동안 시래기를 엄청 도둑맞았다며
한 달 치 월급이 넘는 합의금을 요구했다
시래기 한 줌 합의금이 한 달 치 월급이라니!
그는 야박한 인심이 미웠다
더러운 도심의 한가운데서 밥을 구하는 자신에게 화가 났다
"그래, 그리움을 훔쳤다, 개새끼야!"
평생 주먹다짐 한번 안 해본 산골 출신인 그는
경찰이 보는 앞에서 미운 인심에게 주먹을 날렸다
경찰서에 넘겨져 조서를 받던 그는
찬 유치장 바닥에 뒹굴다가 선잠에 들어
흙벽에 매달린 시래기를 보았다
늙은 어머니 손처럼 오그라들어 부시럭거리는

공광규 _ 1986년 월간 《동서문학》 등단. 시집으로 《담장을 허물다》외 다수. 서사시집으로 《금강산》 등이
있음.

코

공
재
동

하느님은 흙으로 형상을 만들고
눈을 붙이고 귀를 만들고
입을 꾸미고 마지막으로
코를 뚫었습니다.
코를 통해 영혼을 불어넣자
비로소 사람이 되었습니다.

코는 영혼의 작은 통로
우리가 살아 있는 동안은
냄새로 실존을 확인하다가
생이 끝나는 날 영혼은
코를 통해 어딘가로
재빨리 빠져나갈 것입니다.

공재동 _ 1977년 《아동문학평론》 동시 천료, 1979년 중앙일보 신춘문예 시조 당선. 동시집「초록물물」
외 9권, 시조집「휘파람」 외 1권, 평론집「동심의 시를 찾아서」 외 1권. 세종아동문학상, 이주홍아동문학상,
부산문학상, 최계락문학상, 방정환아동문학상, 부산시문화상 등 수상.

고운 매듭

구
재
기

하고자 하고,
되고자 하는 욕망에
살아가지 않을 수는 없을까
이 자리에서 무엇인가
찾지 않을 수는 없을까
하늘과 땅 사이
빈손인 바람이 살아있는 걸 보면
물은 절로 흘러갈 양인데
어떻게 하면 아무것도
욕망하지 않을 수 있을까
세상을 바라보고, 보이는
얼굴에는 오뚝하니 솟아오른
코, 하루 일과—過 중에
수없이 분비되는 저, 코
진득진득, 한 올 한 올
눈마다 생겨나는
저 고운 삶의 매듭
굳이 맡지 않아도
향기로울 수는 없을까

구재기 _ 충남 서천 출생. 1978년 《현대시학》 등단. 시집으로 〈모시올 사이로 바람이〉 외 다수와 시선집으로 〈구름은 무게를 버리며 간다〉 등이 있음. 충남도문화상, 시예술상본상, 충남시협본상, 한남문인상, 석초문학상 등 수상. 충남문인협회장 및 충남시인협회장 역임. 현재 40여 년의 교직에서 물러나 〈산애재蒜艾齋〉에서 야생화를 가꾸며 살고 있음.

새우젓 독

권
선
옥

막다른 골목에서
담을 넘지 못하는 어둠과 내가 갇혔다
그때, 훅~ 비릿한 냄새가 풍겼다
지독한 어둠의 냄새
겹겹이 포승줄에 꽁꽁 묶여
나는 어둠을 부둥켜안았다
퀴퀴한 어둠은 마비된 나를
크고 오똑한 코로 꿀떡 삼켜버렸다
그리고 결박을 풀지 않았다
어딘가 길이 있긴 할 텐데
돌아설 수 없어서
돌아서지 않기로 했다
곰삭은 새우젓독은
오래 비워 두어도 그 냄새가 빠지지 않는다
독 속에 갇힌 우리는 부둥켜안고
불쌍한 코를 서로 비벼댔다

권선옥 _ 1976년 《현대시학》 추천. 시집으로 〈겨울에도 크는 나무〉 〈감옥의 자유〉 등. 수필집 〈아름다운 식탁〉이 있음. 현재 논산문화원장.

비밀

권
영
상

아빠 코안에
비밀이 있다.

그 캄캄한 코안에서 뾰족뾰족
자라는
비밀.

비밀은 어두운 것.
아무리 감추려 해도 몰래 자라
빠끔히
드러나는 법.

아빠 코안에 까만 비밀이 자란다.
코털.

권영상 _ 강릉 초당 출생. 1979년 강원일보 신춘문예 당선으로 등단. 동시집으로 〈엄마와 털실뭉치〉 〈도깨비가 없다고?〉 〈멸치똥〉 외 다수. 세종아동문학상, 방정환문학상 등 수상.

권
정
남

내 안의 코끼리

내 몸 안에 코끼리가 웅크리고 있다
끌어내려고 비스킷으로 유혹해도
부채 같은 큰 귀만 펄럭 일 뿐
씨름 하듯 코를 당기면 조금 끌려 나오다가
다시 자라목처럼 들어간다
긴 코를 당기는 손바닥이 굳은살 투성이다
가끔 등을 쓰다듬어주며
거미처럼 코에 매달려 나는 즐기기도 했다
내 안의 코끼리는 고집이 세다
밤마다 끌어내려고 해도 긴 코는 미동도 않는다
새벽에 눈을 뜨면 베개가 흥건히 젖어 있다
세상 밖으로 끌려 나오다가 다시
들어가 버리는 내 몸 안의
슬픈 코끼리

권정남 _ 1987년 《시와의식》, 2015년 《현대수필》 등단. 시집으로 〈속초 바람〉 외 3권. 수필집으로 〈겨울
비선대에서〉가 있음. 강원문학상 외 다수 수상. 한국문인협회, 강원문인협회, 속초문인협회 회원

코 없는 돌부처

콧구멍이 두 개라서 숨 쉰다는 안동댁

속상한 일 생길 때면 돌부처를 찾는다

부처님 말 많은 세상 코 없이 어에 사니껴

바위 굴에 봉인된 지 천년 넘은 돌부처

아낙네 돌직구에 없는 코도 가려운지

유달리 콧구멍 없는 소처럼 싱긋 찡긋 웃는다

* 콧구멍 없는 소 : '소가 되더라도 콧구멍 없는 소가 되어야지', 경허스님 말씀 중에서 따온 말.

권
정
희

권정희 _ 2015년 《시와소금》 등단. 시조집으로 〈별은 눈물로 뜬다〉가 있음. 천강문학상 시조 대상. 광진
문학상 시조 대상. 만해백일장 시조 대상 수상.

권
혁
수

가고 싶어

꿈꾸는 봄 바다

슬픔을 잊자고 꽃물결 출렁

둥글게 굴러 굴러

코가 다 문드러진

남해 바다

그 바위섬

권혁수 _ 2002년 《미네르바》 등단. 시집으로 〈빵나무아래〉 〈얼룩말자전거〉가 있음. 2009년 서울문화재단 젊은예술가지원 선정. 강원일보 신춘문예 소설 당선. 한국현대시인협회 작품상 수상.

엄마의 봄은 코끝에서 오보된다

금
시
아

햇살이 담장 밑을 데우기 시작하면
뒤란의 바싹 말라붙은 검불 속에서 삐죽삐죽
탐스럽게 통통하게 올라오는 움파들,

워메 워메 요 탐시런 거,
미처 잠도 덜 깬 손자를 안고 엄마는 움파 앞에서
오줌 가득 든 작은 고추를 남발하곤 하셨지

봄은 엄마의 코끝에서 오보되고
꽃샘추위는 몇 번이나 재채기를 해댔지

빈집 뒤뜰의 검불 유난히 바스락거리고
제철 꽃게마냥 통통하게 살이 오르는 엄마의 봄,
한 움큼 뽑아 다듬는다

따듯한 햇살은 기척도 없이 등을 쓰다듬고 가고
매운 봄은 코끝에서 자꾸만 훌쩍이고

금시아 _ 2014년 《시와표현》 등단. 시집으로 〈툭,의 녹취록〉 〈금시아의 춘천詩 _ 미훈微醺에 들다〉와 산
문집 〈뜻밖의 만남, Ana〉가 있음. 여성조선문학상 대상, 강원여성문학상우수상, 춘천문학상 등 수상.

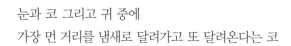

라일락과 들국화가 다른 계절이듯

김
경
숙

눈과 코 그리고 귀 중에
가장 먼 거리를 냄새로 달려가고 또 달려온다는 코

밤늦게 묻혀온 냄새 하나를 문밖에서 탈탈 털고 문지르고 그것도 모자라 이불 속에 꽁꽁 묻고 잤지만 엄마코는 귀신같이 귓불에 남아있던 냄새 한 오라기를 찾아내서 다음 날이면 두근거리던 비밀들, 모조리 들통나곤 했다

엄마는 냄새의 구석에 대해 다그쳤고 나는, 자꾸만 숨겨야 되는 냄새들이 하나씩 늘어가면서 우리는 차츰 익숙한 냄새로 서로를 알아보고 생소한 냄새로 눈치를 보는 식구가 되어 갔다

나이에도 냄새가 있어 어린 냄새와 늙은 냄새를 두고 모두 같은 코의 소속이라고 했지만 라일락과 들국화가 다른 계절이듯, 나만이 아는 냄새를 은밀히 익혀가고 있을 때

아버지가 달포 만에 집에 들어오시고 한밤중 부엌에서 울고 있는 엄마의 코에 진창으로 번지던 눈물에는 살면서 묵인해야만 하는 뼈아픈 냄새가 딱 하나 있다는 걸 알게 되었다

파릇한 가시에 독 오르듯
어떤 냄새는 가슴을 찌르고도 남는다는 것을 그때 보았다

김경숙 _ 2007년 《월간문학》 등단. 시집으로 〈빗소리 시청료〉 외. 한국바다문학상, 해양문학상, 부산문학대상 수상.

ㄱ-2

김광규 __ 사라진 냄새골

김광기 __ 비린내

김금분 __ 코의 힘

김도향 __ 코

김명아 __ 코에 말을 걸다

김미아 __ 팬지

김 빈 __ 코뚜레

김선아 __ 코

김선희 __ 내 탓이오

김성호 __ 어미 냄새

김소해 __ 깊은 맛

김송포 __ 백 미터 전에서 맡은 냄새

김양숙 __ 불끈 일어서는 욕

김완하 __ 안동행

김인구 __ 구멍을 위한 농담

김임순 __ 코 풀기

김재천 __ 피노키오의 코

김정미 __ 망고가 망고에게

김종원 __ 생명의 소리, 문득 코끝에 달라붙는

김지헌 __ 부재不在

김진광 __ 클레오파트라

김차순 __ 소환된 추억

김찬옥 __ 팝콘으로 지은 왕국

김향미 __ 꿈꾸는 냉장고처럼

김현지 __ 박꽃 피던 날 · 2

김혜천 __ 비말飛抹

김효정 __ 이별 알러지

김광규

사라진 냄새골

오뚝하게 고치고 싶은 코에
콧구멍 두 개 뚫려있어
새끼손가락으로 후비기도 하고
멋쩍게 콧등을 비벼대기도 했지
코로나 독감 창궐할 때는
온 국민에게 마스크 씌우고
코와 눈과 입 만지지 말라고 했어
그래도 애꿎은 코에 괜히
손이 가게 되었지
코와 귀가 없다면 마스크와 안경
어디에 걸치고 다녔을까
온갖 냄새 소리 없이 맡아주는 코
너무나 당연하게 잊고 살다가
어느 여름날인가 문득
아카시아 꽃내음 사라지고
된장국 끓는 냄새도 못 맡게 되었지
어디로 갔나 사라진 냄새골
이제는 되찾을 수 없나

김광규 _ 1975년 계간 《문학과 지성》을 통하여 데뷔. 시집으로 〈우리를 적시는 마지막 꿈〉 〈시간의 부드러운 손〉 〈오른 손이 아픈 날〉 등 11권 시선집으로 〈희미한 옛사랑의 그림자〉 〈누군가를 위하여〉 〈안개의 나라〉와 산문집으로 〈육성과 가성〉 〈천천히 올라가는 계단〉 등이 있음. 김수영문학상, 편 문학상, 대산문학상, 독일 예술원의 프리드리히 군돌프상, 정지용문학상 등 수상. 현재 한양대 명예교수(독문학)

비린내

잠자고 있는 아내의 방에 들어서니
잠내가 풍겨온다. 반은 아내의 향내 같은데
나머지 반은 누구의 냄새인지 모르겠다.
잠시 전 방을 나선 어떤 사내의 냄새 같기도 하고
힘겹게 끌고 온 일상이 고여
아내의 냄새를 피우고 있는 것 같기도 하고
내 아내의 꿈속, 저 희랍신화에서부터
제주신화에 이르기까지의 무수한 신들이 뿌리고 간
온갖 토설의 기운이 고여 있는 것 같기도 하다.
나는 아내 옆에 반듯하게 눕는다.
금세 이불 속으로 들어온 향내를 휘감고
나는 아내의 꿈속으로 들어가 다시 잠을 청한다.
깊은 숨 속의 늪, 들숨 날숨을 느끼지 못한다.
삶도 아닌 것이 그렇다고 꼭 잠도 아닌 것이
이렇게 아득한 숙주 같은 향내를 품고 있다.
아마도 태곳적에는 이런 기운 속에서
나긋나긋 숨도 자라고 생명도 잉태되었을 것이다.
나는 삶의 비린내 같은 향내를 휘감고
깊은 잠속에 빠져 있는 것인지 모르겠다.

김광기

김광기 _ 1959년 충남 부여 출생. 아주대대학원 국문과 박사과정 수료. 1995년 시집 〈세상에는 많은 사람들이 살고〉를 내고 작품 활동 시작. 시집 〈호두껍질〉 〈데칼코마니〉 〈시계 이빨〉 등과 시론집 〈존재와 시간의 메타포〉 등. 수원예술대상. 한국시학상 등 수상. 현재, 계간 《문학과 사람》 발행인.

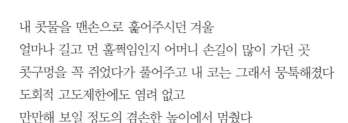

코의 힘

김
금
분

내 콧물을 맨손으로 훑어주시던 겨울
얼마나 길고 먼 훌쩍임인지 어머니 손길이 많이 가던 곳
콧구멍을 꼭 쥐었다가 풀어주고 내 코는 그래서 뭉툭해졌다
도회적 고도제한에도 염려 없고
만만해 보일 정도의 겸손한 높이에서 멈췄다

하루 해를 옷소매 반들반들 끌고 다니다가
산골 긴 겨울밤 곯아떨어졌다
쌔근쌔근 집집마다 코흘리개들이 많아서
한 번 밀고 한 번 당길 때마다
밤새 이슬만큼의 입자가 모여 아이들의 얼음판이 되었다

휭휭 말 달리는 소리를 내며
동네 뒷산으로 너른 들판으로 겨울바람 몰아쳤다
산골짜기 맑은 물도 마르지 않고 흘렀다
이마를 짚어봐도 열은 없었다

코의 힘이라 믿는다
부끄럼 없이 콧물을 달고 살던 아이
거칠 것 없이 전진하던 총싸움, 언 빨래터
야성을 키워준 나의 추위들
코가 힘차게 살아있었기 때문이다

김금분 _ 1990년 《월간문학》 등단. 시집으로 〈화법전환〉〈사랑, 한 통화도 안 되는 거리〉〈외로움이 아
깝다〉가 있음. 김유정기념사업회 이사장. 글소리 춘천 낭송회장.

코

깃발 들고 서 있는 기준점을 향해
우로 헤쳐 모여
좌로 헤쳐 모여
좌우로 헤쳐 모여
양쪽 눈이
양쪽 귀가
말과 혀가
좌우로 뻗어가지만
들숨 날숨이 중심 잡고
게양대처럼 우뚝 솟아 있다
각자의 꼭짓점 향해
질정없이 달려가고 있다
행복을 향해
돈을 향해
목숨을 향해
공식없는 공식찾이
거미줄의 거미처럼 버둥거려 보지만
옴
훔
한 호흡 간에 매여있다

김도향

김도향 _ 2017년 《시와소금》 신인상 당선으로 등단. 시집으로 〈와각을 위하여〉가 있음.

김
명
아

코에 말을 걸다

우리에겐 모두 빨간 코가 있다
그러나 거울을 보고 뒤돌아서서 웃었다

산타의 호명은 천둥이 되었고
나침반이 흔들렸다
빨간 코가 사라졌다
소용돌이치는 신호를 정면으로 맞선다
서로의 눈에 비칠 수 있게 마주 본다
뒤따라오는 풍경은 어디에 있었는지,
어디로 가는지 묻는다 웅크린 발을
내딛으며 이정표를 따라 간다
빨간 코가 보여주는 가야할 길을 간다
사춘기 흉터가 콧잔등에 남았을까
잠들지 못하는 잔숨들이 지나간다
썰매가 달리고 새로운 길이 열린다

우리는 산타를 기다린다
우리에겐 모두 빨간 코가 있다

김명아 _ 2009년 《시와산문》 등단. 시집으로 《붉은 악보》 《물속의 잠》이 있음. 한국녹색문학상 수상. 《시의 밭》 시인회 회장. 한국녹색시인협회, 한국현대시인협회, (사)시와산문문학회 회원.

팬지

작은 키에
엉덩이 하늘 향해 까놓고 흔들며
똥구멍 보여주는 팬지

꽃 옆에 쪼그리고 앉아
뚫어져라 쳐다본다
괜스레 내 얼굴이 빨개진다

여리디여린 잎 속
가운데 부분을 쓰윽 닦으면
구린내가 날 것 같아
코를 벌름벌름
아무 냄새도 나지 않는다

근데,
내 똥구멍은 근질근질

김미아 _ 2000년 광주일보 신춘문예(동화) 당선. 2019년 《시와소금》 동시 등단.

김
미
아

김
빈

코뚜레

웬수가 따로 없다
있으면 불편하고
없으면 필요한
코 꿰인 소처럼 그에게 끌려 살아온 지 40여 년이 되어간다
그가 나에게 코를 꿴 건지
내가 그에게 코를 꿰인 건지
서로에게서 소 울음소리가 들린다
뿔난 소처럼 무장해제 되어버린 자유
한 번쯤 들이받을 일 있을까 싶지만
끌어 잡아당기기만 하면 꼼짝을 못한다
엉덩이 한번 툭툭 쳐주면 언제 그랬냐는 듯 순한 소처럼
음 ~메 ~음 ~메 ~하며
서로의 업장을 녹여
속이 밖이 되고
밖이 속이 되어
충성스러운 고문관이 되어가고 있다

김 빈 _ 2006년 《시헌실》 등단. 시집으로 〈시간의 바퀴 속에서〉〈 버스정류장에서 널 기다리다 잔 꽃잠〉
이 있음.

코

보기 싫으면 눈 감으면 되고
듣기 싫으면 귀 닫으면 되건만

손으로 막으면 되는
코 오래 막을 수 없네

조그마한 한 떼기 두엄 아래
진달래 피고
빛깔 없는 새 떼들 머물다가도

면전에서 걸러내는 위상
홀로 우뚝 서서 먼 생 늘인다

김
선
아

김선아 _ 2007년 《문학공간》 등단. 시집으로 〈가고 오는 것에 대하여〉 외. 부산여성문학상 수상 외. (사)
부산여성문학인협회 이사장, 한국문인협회 이사, 한국여성문학이회 이사, 계간 《여기》 발행인 겸 편집인.

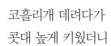

김
선
희

내 탓이오

코흘리개 데려다가
콧대 높게 키웠더니

딛고 선 땅을 잊고
자나 깨나 하늘바라기

스승 코 쥐어짜보고
비트는 데 고수다

이 세상 어디에도
내세울 건 자화자찬

그리고 그려봐도
콧대뿐인 얼굴이라

본디에 시기 질투만
키웠구나, 다 내 탓

김선희 _ 2001년 《시조세계》 등단. 시집 〈종이새〉 외 5권. 시선집 〈늦은편지〉가 있음. 이영도시조문학상 신인상 수상. 서울문화재단, 아르코창작기금 수혜. 세종문학나눔도서 선정.

어미 냄새

우주에 명멸하는 목숨들은
빛과 바람 타고 영원을 향해
시원과 앞날을 가늠하여
찰나에 머물지 않고
드높은 영화와 사랑을 얻으러
짝을 찾아 머나먼 길 헤맨다

눈부신 날, 그 늠름함에 이끌려
매혹에 젖어 어깨춤 추며
청춘이 다 지나가도록
그녀의 눈웃음을 차지하러
사내는 쟁취를 다짐하면서
무릎을 꿇고 순정을 바친다

부모는 살과 뼈와 피가 마르도록
혼신을 태우면서 자식을 키우려
의식주를 베풀고 일상을 가르치면
아이들은 어느새 지혜를 터득하여
잠결에도 어미 내음을 기억해 내어
입과 코를 내밀어 젖가슴을 헤집는다

김성호 _ 2002년 《현대시》 등단. 1994년 《시조문학》 추천 완료. 시집으로 〈소리의 하늘〉 〈소리의 여행〉 〈보도블록에 깃든 숨결〉 〈연약함이 강함을 용서한다〉가 있음. 비평집으로〈한국대표명시선 해설〉이 있음.

김
성
호

김
소
해

깊은 맛

기억이 뇌보다 오래 살아 숨 쉬는 거기
태생이 갯가이니 먹고 자란 갯가 음식

잊었던 뒤란 갯내 맛을
몸이 먼저 읽고 있다

전어젓 군침 도는 시장기만 탓일까
언제부터 설익고 깊은 맛 잃은 내 시가

곰삭은 젓갈 맛 은유
그 사유를 찾고 있다

잔가시 갯바위길 잦아 스밀 때까지
짜고 비린내에 고른 숨 번질 때까지

발효의 잔물결시간이다
깊이 읽는 다시, 거기

김소해 _ 1988년 부산일보 신춘문예 등단. 시조집으로 〈투승점을 찍다〉 〈만 근인 줄 몰랐다〉 등이 있음.
한국시조시인협회 본상, 이호우·이영도 시조문학상 본상 등 수상.

백 미터 전에서 맡은 냄새

바람 부는 순간에 모자가 벗겨졌다 바다에 빠질까 봐 쫓아
갔다 앞에서 놓친 것은 너의 하루가 아닌 냄새였다
기다랗게 펼쳐져 있는 중심이 흔들렸다

매일 바다 냄새를 맡은 너를 찾아간 것인데
파도 냄새는 아버지를 굳세게 닮아 있었고 물고기 냄새는
어머니를 안달하게 했고 배의 냄새는 동생을 움직이게 해서 간
것인데

너는 바다의 석양을 노래한다지
바다 밑의 피를 견딘다지
시체 냄새를 찾아 백날을 흔들거리며 숨을 쉰다지

그런데
책상에서 머리만 굴리는 의자는 코가 없다지
그래서
너의 콧물은 마를 날이 없겠구나

김
송
포

김송포 _ 2013년 《시문학》 등단. 시집으로 〈부탁해요 곡절 씨〉 외. 푸른시학상 수상. 현 〈성남FM방송〉
진행자

불끈 일어서는 욕 — 코무덤*

김
양
숙

매일 한 움큼씩 삼킨 욕이 목까지 차오르면
바다에는 금간 보름달이 떠올랐다
달에 기대어 건너야 했던 대한해협
잠 못 든 바다의 등뼈는 밤마다 출렁거렸다//
이제 일본으로 가자 가서
교토에 첫발을 딛자 그러나
교토에 갈 때는 비행기를 타고가선 안 된다
대한해협을 건널 때 멀미 없이 건너서도 안 된다//
남원 사람들아 춘향이를 앞세우고 교토로 가자
히데요시가 숫자를 세어 코 영수증 또는 코 감사장과 바꿨
던 염장된 코
일본 온 나라를 자랑스럽게 순회한 뒤 묻었다는 코를 찾으
러 자 가자 교토로
우리의 심장 위에 붉은 피로 기록되어야 하는 12만 6천 분
의 코가 묻혀있는 코무덤을 찾아
하야시라산林羅山이란 자가 '코무덤'은 야만스럽다며 '귀무
덤'이라고 바꿨다는 사실 앞에선 피가 거꾸로 솟구치고 배꼽
근처에서 불끈 일어서는 욕//
코무덤이라 쓰고 귀무덤이라 읽어야 하는 눈먼 역사는
다시 수레바퀴 위에 기록 되어야 하는가
불면의 바다 대한 해협을 건너며 속 시원히 욕이라도 하자//
이런씨발라먹을수박이저까지굴러가버렸네

김양숙 _ 제주 출생. 1990년 《문학과의식》 등단. 시집으로 《지금은 뼈를 세우는 중이다》 《기둥서방 길들
이기》가 있음. 한국시인상, 시와산문 작품상 수상. 광화문시인회 회원.

안동행

김
완
하

우리 기댈 것
빈 들녘에 내리는 저녁 햇살뿐
안동행 흔들리는 버스
아이는 울고, 나는
종이컵의 소주를 입에 쏟는다
우는 아이 따라서
잠든 아이도 깨어 뒤척이고
아낙은 코 골며
기운 어깨를 저녁 속에 묻는다
덜컹대는 버스 속
찬 것은 다 비고
빈 것만이 가득 찬 벌판으로
털털대며 돌아가는
한 생의 짧은 저녁
아이 울음만 차창을 넘어가
눈밭에 묻힌다

김완하 _ 경기도 안성 출생. 1987년 《문학사상》 등단. 시집으로 〈길은 마을에 닿는다〉 〈허공이 키우는 나무〉 〈절정〉 〈집 우물〉 외 시선집 〈어둠만이 빛을 지킨다〉 〈꽃과 상징〉이 있음. 시와시학상 젊은시인상. 대전시문화상. 충남시협본상 등 수상. 현재 한남대학교 국어국문창작학과 교수.

구명을 위한 농담 – 알레르기 비염

김
인
구

고장 난 구명 속
핑계 많은 봄날을 힘겨워 하며
연신 재채기를 한다

풀어진 농담처럼
목젖 너머 농을 넘기는,
좁고 우울한 습기 찬 터널 하나

충혈된 어둠이 들어앉아
신경을 지배하고 있는
그곳에서는 봄날도
질긴 어둠이 된다

터널은 또 하나의 길을 내며
흔적을 남기고
에-취
발 달린 농담들
난폭한 봄날을 붙잡고
어두운 하늘을 향해 튀어 오른다.

김인구 _ 전북 남원 출생. 1991년 《시와의식》 등단. 시집으로 《다시 꽃으로 태어나는 너에게》 《신림동
연가》 《아름다운 비밀》 《굿바이, 자화상》 등.

코 풀기

코밑은 늘 바빠서
내 코가 석 자였다

코를 박고
일하느라
코흘리개
늘 울렸지

그나마 콧대는 높아
그 여력에 버틴 세월

김
임
순

김임순 _ 2013년 《부산시조》 《시와소금》 등단. 시조집으로 〈경전에 이르는 길〉 〈비어 있어도〉와 시선집으로 〈그 침묵에 기대어〉가 있음. 연암청장관문학상. 공무원문예대전 행정안전부장관상 수상.

김재천

피노키오의 코

피노키오의 코는 점점 자라고
세상살이는 꿈속 같구나

비염 앓이 혼으로 탄생한 피노키오는
순수한 영혼을 거부하는 나날을 보내고

오늘까지 걸어온 이 땅의 족적을 지워버리는
피노키오의 코는 무엇인가 아, 무엇인가

평화와 평등은 이미 하늘과 땅에서
정하여 실현된 것이 아닐까

피노키오는 자기만 아는 자유를 부르고
피노키오의 코는 죄악 속에서 점점 자라나고

피노키오의 코를 바라보는 우리(너와 나)는 아프다
슬프다

김재천 _ 충남 홍성 출생 2012년 《문학예술》 등단. 시집으로 〈그리고 남아있는 것들은〉이 있음. 현재 (사)한국휴게음식업중앙회 선임이사.

망고가 망고에게

김
정
미

두려움이 익어가는 여름밤
망고는 여름의 바깥이 궁금하다

뿌리가 열매를 바라보던 날들, 꿈꿀수록 이가 시린 붉은 페
이지였다

북풍을 껴안고 망고가 파란으로 파랗게 내게 되돌아 올 때,
슬픔을 접붙인 여름 저녁이 익어간다 새 떼처럼 푸르게 흩어
지다 사라진다 먼 곳에서 이미 노오랗게 익어갈 별 같은 이름
을 찾아, 코가 길어지는 생각들

열매는 뿌리의 시간을 증명하는 것
익을수록 눈물이 많아지는 망고의 몫이다

달콤해지는 타이밍이 한 번쯤 더 남아있을 칼과 혀 앞에서
망고는 여름의 온도만 뼈에 남긴 채
남쪽, 고도를 향해 둥글어지다 그리워지는 것이다

달무리 가득한 밤
여름의 내부가 천천히 익어가고 있다

생각의 코가 빨개지고 있는 사이
망고가 달콤한 시간을 끌고 혀와 혀 사이를 지나가고 있다
망고가 망고를 향해 아프게 굴러가고 있다

김정미 _ 2015년 《시와소금》 등단. 시집으로 〈오베르 밀밭의 귀〉와 산문집으로 〈비빔밥과 모차르트〉가
있음. 춘천문학상 수상.

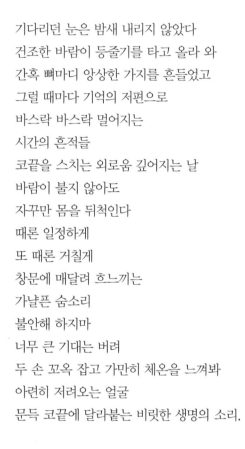

생명의 소리, 문득 코끝에 달라붙는

김
종
원

기다리던 눈은 밤새 내리지 않았다
건조한 바람이 등줄기를 타고 올라 와
간혹 뼈마디 앙상한 가지를 흔들었고
그럴 때마다 기억의 저편으로
바스락 바스락 멀어지는
시간의 흔적들
코끝을 스치는 외로움 깊어지는 날
바람이 불지 않아도
자꾸만 몸을 뒤척인다
때론 일정하게
또 때론 거칠게
창문에 매달려 흐느끼는
가냘픈 숨소리
불안해 하지마
너무 큰 기대는 버려
두 손 꼬옥 잡고 가만히 체온을 느껴봐
아련히 저려오는 얼굴
문득 코끝에 달라붙는 비릿한 생명의 소리.

김종원 _ 1986년 《시인》 등단. 시집으로 《흐르는 것은 아름답다》 《새벽, 7번 국도를 따라가다》 《다시 새벽이 오면》가 있음. 한국작가회의 회원. 울산작가회의 수석부회장 및 이사 역임.

부재不在

손이 잔뜩 굽은 채 웅크리고 있다
풍물시장 좌판에 끌려 나와 있는 냉이 씀바귀 시금치……,
노파의 광주리에선 익숙한 광경이라는 듯
좀체 물러날 줄 모르는 칼바람을 맞받으며
후루룩 뜨거운 국수 그릇을 비운다
장터 손님보다 좌판이 더 많은 시골 풍물시장
비닐로 벽을 둘러친 주막에서는
코가 빨개진 사내 몇 막걸리 추렴을 하고
올겨울 최강 한파라는데 상관없다는 표정들
비포장 신작로를 통과하다 보니 반만 남은 막걸리 주전자처럼
아직 반이나 남았다며 좌판을 펴는 사람들
여기선 모두 한통속이다
뭣이 궁금한지 어깨너머 흘깃거리는 돌개바람이나
관음증에 빠진 낮달이거나
무료해 죽을 지경인 시발택시까지
조금씩 이가 빠진 채 낡아가면서도 떠날 생각이 없다
가끔 좌판의 주인이 바뀔 뿐,
평생 제 코가 떨어져 나간 줄도 모른 채 마을을 지키는
저 장승처럼

김지헌

김지헌 _ 1997년 《현대시학》 등단, 시집으로 《배롱나무 사원》 외 3권이 있음.

김
진
광

클레오파트라

클레오파트라의 코가 1센티만 낮았더라면
세계의 역사는 달라졌다는 파스칼 명언의 진위를,
코는 외모인가 아니면 자존심인가를, 나는 생각한다
이집트 마지막 군주 클레오파트라는 파라오 율법 따라
남동생들과 두 번 결혼해 왕좌에 올랐지만, 남매간
권력 투쟁에서 패배의 쓴잔을 마시며 유배가 된다
그녀의 자존은 냄새를 맡는다. 로마의 영웅 카이사르에
선물용 양탄자 속 반라의 비너스로 부활해 꿈을 이룬다
다시 세계를 뒤흔들 미인계를 쓴다. 터키의 타르수스강
선상 비너스 여신으로 변신 로마의 영웅 안토니우스
마음을 낚아채, 세상을 정복한 로마의 두 영웅을 정복한다
그녀의 자존은 이집트를 구하기 위한 러브스토리 오페라인가
아니면, 벌거벗은 여왕의 젖가슴을 독사가 무는 명화인가
우리 몸의 간판 얼굴 한복판 명당자리에 우뚝 선 자존의 코
신은 그랬다, 코에게는 숨 잘 쉬고 냄새나 잘 맡게 뚜껑 없이
구멍 두 개만 뻥 뚫어주었다 누구는 클레오파트라 우뚝한
정복 야욕은 코보다 상대의 뼈를 녹이는 혀 때문이라 한다
그래도 그녀의 코는 강하다, 기어코 한사코 결단코 맹세코

김진광 _ 1980년 《소년》 및 1986년 《현대시학》 등단. 동시집 《하느님, 참 힘드시겠다》 외, 시집 《시가 쌀이 되는 날》 외 다수. 매일신문 신춘문예, 윤석중문학상, 한국동시문학상, 어효선아동문학상, 강원문학상, 한국동요음악대상 등 수상. 가곡과 동요 작곡된 곡이 200여 편 있음.

소환된 추억

소금시
ㅋ

당신의 콧노래가 들리는 앵기밭골*
생기를 불어넣던 익숙한 바람들이
흩어진 안부를 모아 내 안에 가득하다

숱하게 구부러진 길 위의 몽환들이
데미안*의 숱한 별 친친 감아 돌려서
바람의 소리를 내고 시간을 지절댄다

넌지시 맞잡을까 모른 척 돌아설까
심장을 뚫고 나온 뜨거운 의문부호
절절 절 풀면 뭘 할까 수사 속에 묻는다

* 앵기밭골 : 경남 창원시 마산회원구 소재 무학산 자락에 있는 편백숲.
* 데미안 : 독일 작가 H. 헤세의 소설.

김
차
순

김차순 _ 2001년 《시조문학》 등단. 시집으로 〈지금은 부재중〉이 있음.

김
찬
옥

팝콘으로 지은 왕국

밤이 깊어갈수록 별들이 과실처럼 익어갔다
무거운 겨울 외투라도 벗어 던지고 떠나왔나
마음과 마음이 둘러앉아 모닥불을 피워내자
입술만 살짝 달싹여도 웃음이 고소하게 튀겨졌다
장대보다 곧게 뻗은 눈빛들이 풍성한 밤하늘을 타작하기 전에
지상에 깔린 웃음이 발아될수록
하늘에 열려있는 별들도 우리 곁으로 다가왔다
웃는 고물 위에 별들이 버무려지자
게르, 초원, 모래, 소, 말, 염소, 별인 듯, 바람인 듯, 웃음인 듯,
둥글게 만 우리의 어깨가 고비사막의 아름다운 능선인 듯,
부풀어진 것은 부풀어진 만큼, 넓은 초원을 돌아
징기스칸의 발자국 안에서 웃는 꽃으로 피어보라 하고
모래능선의 봉긋한 젖무덤에도 들려
웃음이 돌 때까지 사막을 어여삐 간질여보라 했다
잠을 송두리째 도둑맞아도 시간의 입구가 헐렁해서 좋은 밤
능소화 꽃 같은 내일의 태양을 다시 피우기까지
팝콘으로 지은 왕국엔 고소한 냄새만이 진동했다
웃음의 빛깔이 별의 색채와 버무려질 때
어둡던 지상도 대낮처럼 환해졌다

김찬옥 _ 전북 부안 출생. 1996년 《현대시학》 등단. 시집으로 〈물의 지붕〉 〈벚꽃 고양이〉 등. 수필집으로 〈사랑이라면 그만큼의 거리에서〉거 있음.

꿈꾸는 냉장고처럼

김
향
미

깊숙이 들어가다 잊은 듯 돌아오다

어둠에 익숙해질 때가 온다 숨 쉬는 투구와 토기에서 흘러
나오는 새우젓이 삭고 있을까
기억은 사라지고 기록만이 흔적이 되고
기록조차 없으면 '등'으로 몰려가는 통속을 나열하듯

숯내에 묻힌 육질, 사과 귤 토마토 향기는 각자의 속도를
가지고 전시되거나 건조되거나

밤새 가릉거리며 적요의 중심부를 뚫고 나오는 건, 고생대
동물의 이빨들 사이를 새어 나오는 울음소리를 흉내 낸 것
박물관 내부처럼 아득하게 닫힌다
레코드판을 읽는 바늘처럼, 폐부를 긁으며 파고드는 일요일
의 목소리
중심이 비뚤어지다
불면의 멜로디가 익어가다

집이 깊이 잠든 밤
박물관을 경청하다

김향미 _ 2009년 《유심》으로 등단.

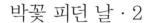

김
현
지

박꽃 피던 날 · 2

긴 긴 여름 해 스르르 열기를 내릴 때쯤
박꽃들이 하얀 등불을 켜고
벌들을 불러 모으던 기억 속의 초가 한 채

조그만 애기박을 잎새로 덮고 앉아
여기요, 여기 신방 차렸어요,
붕붕… 어서오세요…

소리 없이 소리치며 살풋이
속살을 여는 하이얀 박꽃 향 코끝을 간질이던
저녁놀 붉게 내리던 낮은 툇마루

내게도 그런 향이 있었지, 눈물겨운

아리고 비린 사랑의 향이 내게도 있었지,
그 여름의 박꽃 같은,
하얀 면사포 쓰고 다가오던 순백의 향기 있었지

김현지 _ 1988년 《월간문학》 신인상 등단. 시집으로 〈연어 일기〉〈포아풀을 위하여〉〈그늘 한 평〉 등이 있음. 동국문학상 수상

비말飛抹

바이러스는 허공을 치며

널을 뛰는데

언 땅

툭툭 차며

올라오는 어린싹

코끝이 붉다

에취!

아서라

감기 들라

김 혜 천

김혜천 _ 2015년 《시문학》 등단. 동주문학상 제전 위원. 국제 팬 한국지부 회원.

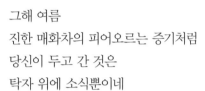

김
효
정

이별 알러지

그해 여름
진한 매화차의 피어오르는 증기처럼
당신이 두고 간 것은
탁자 위에 소식뿐이네

두런두런 부유하는 먼지를 따라
온천천 거리로 나선 오후

코끝에 마중 나온 꽃내음 이기지 못하고
가차 없이 토해내는 재채기가 미워

한 번도 맡아보지 못한 유명한 꽃말들아
향기로운 것들은 언제나 나를 아프게만 할까
풍요 속에서
나는 만끽을 외면해야 하다니

더 이상 이런 숨가쁨으로는 살 수가 없다

김효정 _ 2018년 《시와소금》 여름호 신인상 당선으로 등단.

Ⓝ~Ⓑ-1

나고음 __ 나의 후각 더듬이

나호열 __ 코에게 묻다

남연우 __ 영원한 웃음

노혜봉 __ 피터 팬이 메고 온 눈꼽재기 창문엔 콧물 범벅

려 원 __ 곤드레나물

류미야 __ 꽃 피는 아홉 살

문리보 __ 코뚜레

문삼석 __ 틈틈이

문창갑 __ 숨어 피는 꽃

박광희 __ 내 코

박남희 __ 사라진 냄새

박노식 __ 생존의 코

박대성 __ 콧물

박두순 __ 코가 없다

박명숙 __ 불 꺼진 코

박미숙 __ 샤넬 넘버 5

박미자 __ 콧대는 콧대다

박복영 __ 물끄러미

박분필 __ 난쟁이 엿장수

박수현 __ 삼월 그리고 오렌지

박영미 __ 코라는 기억

박옥위 __ 코를 경배하며 노래 부르다

박옥주 __ 입보다 먼저

박일만 __ 코

나의 후각 더듬이

나
고
음

군에 간 아들 방에 가면
입다가 벗어 둔 속옷 같은 퀴퀴한 듯 익숙한 냄새가 훅 난다
걸어 둔 옷가지와 책 소지품에서 물씬 풍기는
퀴퀴한 그리움의 냄새였다

사람이 진화될수록 후각이 약해진다는데
나에겐 보이지 않는 민감한 후각 더듬이가 하나 있다

비장의 더듬이 덕분에
세찬 빗줄기 따라 올라오는 흙냄새
긴 밤 얘기 따라 연탄불 위에서 익어가는 군고구마 냄새
돌담길 걸을 때 살랑살랑 스치는 바람 냄새
지지직 가마 안에서 타고 있는 불꽃 냄새
사람에게서 나는 싱그러운 나무 냄새를 맡을 수 있었다

사람과 사람을 구분 짓는 표지, 후각
꽉 찬 사람의 고매한 냄새도
선한 사람의 따뜻한 냄새도 날라다 주는
나의 후각 더듬이

약해지지 마

나고음 _ 2002년 《미네르바》 등단. 시집으로 〈불꽃가마〉 〈저, 끌림〉 〈페르시안블루, 꿈을 꾸는 흙〉과 에세이집 〈26 & 62〉이 있음. 서울시문학상, 숲속의시인상 수상.

코에게 묻다

너의 얼굴을 지우는데 몇 년
이름이 멀리 사라지는데 몇 년
내 이름 불러주던 목소리 들리지 않는데 반생
그러나 끝끝내 잊혀지지 않는
너의 복숭아 살내음은
만 리 밖에서도 그리움으로 남아
한순간도 없으면 못 사는
있는 듯 없는 듯한 공기 속에
코를 묻는 어리석음이여

나
호
열

나호열 _ 1986년 《월간문학》 등단. 시집으로 《안녕, 베이비박스》 외 다수. 현재 도봉학연구소 소장.

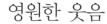

남
연
우

영원한 웃음

자꾸만 끌리는 사람이 있습니다
눈으로 웃는 사람
엄숙한 초저녁 하늘을 웃게 만드는
그 조그만 초승달 실눈,
멀리 떨어져 있어도 끌립니다

자꾸만 밀어내는 사람이 있습니다
코로 웃는 사람
콧방귀를 뀌어가며 비웃는
그는 멀리 떨어져 있어도 밀어냅니다

하루에도 여러 번 밀고 당기는
사랑의 거리
코웃음은 짓지 말아요
눈으로 웃어요

경주 얼굴무늬 수막새도
영월 창령사 터 오백 나한도
시대와 얼굴 생김새는 다르지만
영원한 웃음, 웃음
눈으로 웃어요

남연우 _ 2017년 《시와소금》 등단. 시집으로 《아름다운 간격》 《세상에서 가장 빛나는 꽃》 《푸른발부비
새 발자국》이 있음. 2019년 《시와정신》 포에세이 신인상 수상.

피터 팬이 메고 온 눈꼽재기 창문엔 콧물 범벅

노
혜
봉

혜화동 옛집 고 빨간 우체통. 고향이란 언제나 냄새라는 집배원을 두루 갖춘 우체국. 냄새는 어디론가 떠날 채비를 끝낸 채 편지봉투를 창문에 리본으로 묶어 두는 곳.

아래채 사랑방 미닫이문을 조심스레 열면 할아버지의 지팡이 손잡이에서 나던 솔잎 냄새. 약수터의 단샘물 냄새. 왼쪽 서고에서 해바라기 하고 싶다고 책들이 좀벌레 피해 몸부림치던 먼지 냄새. 내 책이랑 공책이랑 책 겉장 싸 주실 때 풀칠하며 입에 무셨던 명품 파이프 담배 진한 냄새. 공책 두께만큼 백지를 덜어내고 맨 앞장에 가로세로 줄 맞추고 연필로 칸을 그려 놓은 다음, 바늘로 일일이 구멍 자국을 낸 쇠 땀 냄새. 이 세상에 하나밖에 없던 미농지 공책의 순수한 백지 냄새. 인공 때 잡혀가신 할아버지 내내 기다리면서 먼지 품고 살던 골동품들이 남의 손에 넘어가며 한숨 쉬던 냄새.

새벽녘, 내 어린 친구 피터팬이 초록빛 지팡이를 몰래 가지고 와 지도를 그려 놓고 오늘은 어느 곳에 은방울꽃 소식을 보낼까 어떤 우표를 붙일까, 이 세상의 창문, 수많은 고향을 지닌 창문의 시계를 들여다보는 사이사이, 메고 온 배낭 속의 원적지原籍地 이야기들을 묶은 리본의 매듭이 풀리는 사이사이 저 벌린 입. 코코, 귓방울!

노혜봉 _ 1990년 《문학정신》 등단. 시집으로 〈산화가〉 〈쇠귀, 저 깊은 골짝〉 〈봄빛 절벽〉 〈見者, 첫눈에 반해서〉 등이 있음.

려

원

곤드레나물

데쳐진 잎들의 맥이 끊겨 있다

바람으로 휘날리다 죽어서야
숨을 죽이고 있다

간장을 비벼 입에 넣자 입안의 향이
밥알들을 삼켰다

아들이 죽어 바람을 타고 걸어 다녔던
아버지가 생각났다
대나무숲에 대병 소주를 들고 가서
곤드레만드레가 되어서야 나온 아버지

밥을 넘기자
아버지의 냄새가 식도를 타고 들어갔다

빈 대궁에 아버지의 삶처럼 휘청거렸을 잎사귀가
부드럽게 나를 감싸주었다

려 원 _ 2015년 《시와표현》 등단. 시집으로 〈꽃들이 꺼지는 순간〉 외.

꽃 피는 아홉 살

소금시
ㅋ

류
미
야

그 아이 손톱은 늘 놀빛으로 물들고
풀썩일 때마다
먼 곳 냄새가 났다
해질녘 푸르스름한 알 수 없는 슬픔 같은…

조막손에 이끌려 그 집에 들어서면
화들짝 마법처럼 피워 주던
지화紙花,
동네선 낮은 소리로 상엿집이라 했다

뜰 안엔 지상을 바스락대던 삶들이
마침내 숨죽여 흐드러지게 차린
고요의 꽃 대궐 한 채
하늘하늘 마른꽃

어느새 내린 어둠이 시큰거리는 골목길
부르는 엄마 소리에 아슴아슴 가슴 졸던,
아홉 살 내 물관으론 자꾸
푸른 물이 차올랐다

류미야 _ 2015년 《유심》 시조 등단. 시집으로 《눈먼 말의 해변》이 있음. 공간시낭독회 문학상, 올해의 시
조집 상 등 수상.

문
리
보

코뚜레

가까스로 코가 뚫리고
이제 나도 이 콧구멍에
끈끈한 탯줄하나 꿰었구나
복받친 숨 한 번 먹먹하게 내쉬고
팔에 안고 처음 들여다 본 너는
내 코청에 막 끼워진 노간주나무 고리에
또록또록 그 별꽃망울 같은 눈을 맞추고
나는 그저
코끝에 맺힌 생피가 아물면
어서어서 야물게 고삐를 쥐여 너를 앞세우고
내 코에
바위보다 더 쩡쩡한 굳은살이 박이도록
평생 이 조그만 묵정밭을
묵묵히 갈아 내리라
혼자 다짐해보는 것이다

문리보 _ 2015년 《유심》으로 등단.

틈틈이

기다란
코끼리 코는

나뭇잎 따서 입 안에 넣어주고,
가지를 꺾어 입 안에 넣어주고,
열매도 주워 입 안에 넣어주고,
물도 머금어 입 안에 넣어주고……,

그리고 틈틈이
숨을 쉬지요.

문
삼
석

문삼석 _ 1963년도 조선일보 신춘문예 동시 당선. 저서로 〈산골 물〉 〈우산 속〉 〈바람과 빈 병〉 〈그냥〉 〈있지롱〉 외 다수. 소천아동문학상, 대한민국문학상, 방정환문학상, 윤석중문학상, 열린아동문학상 등. 한국아동문학인협회장, 국제펜한국본부 부이사장 등 역임.

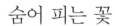

소금시
코

문
창
갑

숨어 피는 꽃

코는 안다
칵, 더러운 꽃들이 흘리는 악취를

심야 술집 곳곳에 뒷담이 있다
그 뒷담 뒤에서
게슴츠레 붉은 꽃들 피어 킬킬거리고…

난교(亂交) 같은 꽃!

뒷담花

문창갑 _ 1989년 《문학정신》 등단. 시집으로 〈깊은 밤 홀로 깨어〉 〈빈집 하나 등에 지고〉 〈코뿔소〉 등이 있음.

내 코

박
광
희

"만약, 콧구멍이 콧등에 있다면 어찌 될까요?"

선생님의 엉뚱한 질문이
순식간에 교실을 아수라장으로 만들었다.

일 년 내내 감기 달고 살아야 해요.
비 오면 코마개를 해야 해요.
입 벌리고 숨 쉬어야 해요.
코 우산이 개발될 거예요.
코미디언 세상이 될 거예요.
흥해요, 미세먼지 굴이 될 거예요.
마스크 세상이 될 거 같아요.
콧구멍 대회가 열릴지 몰라요.

휴,
선생님의 질문이
'만약'이라서 얼마나 다행이야.

지금 내 코에 안심한다.

박광희 _ 2012년 강원일보 신춘문예 등단. 가톨릭대학교 문화영성대학원 석사 졸업.

사라진 냄새

박
남
희

언제부턴가 내 주변의 냄새가 달라졌다
구름 냄새나 바람 냄새, 꽃 냄새 대신
돈 냄새, 스펙 냄새, 권력 냄새 같은 것들이
새로운 자리를 차지하고 있다

돌이켜보니 코가 없는 것이 아니라 발이 없다
고향냄새도 어떤 발을 따라 아득한 곳으로 사라져
향수鄕愁라는 말도 머릿속에 떠오르지 않는다
나는 지금껏 여전히 같은 곳에 살고 있지만
지명이 리에서 동으로 바뀌었을 뿐
이미 고향은 사라지고 없다

논과 밭과 개울물이 흐르던 곳에
낯선 건물들 밑으로 하수가 흐르고
덜덜거리며 소달구지가 오가던 신작로에는
매연을 매단 속도가 재빨리 횡단보도를 지나고 있다

쿵쿵 새삼 내 몸의 냄새를 맡아보니
외롭던 청춘을 슬쩍 시詩 쪽으로 끌고 왔던
발이 더 이상 보이지 않는다

냄새에도 발이 있다는 것을 처음 알았다

박남희 _ 1996년 경인일보, 1997년 서울신문 신춘문예로 등단. 시집으로 〈폐차장 근처〉 〈이불속의 쥐〉
〈고장난 아침〉 〈아득한 사랑의 거리였을까〉가 있음. 평론집으로 〈존재와 거울의 시학〉이 있음.

생존의 코

박
노
식

그러나 나의 혁명은 배를 곯지 않고 울어보는 것이었다

가난은 두려움이 아니라던 소싯적 훈장님의 말씀은 경전이
될 수 없었으므로 타락한 귀족보다 당당한 나의 코를 믿었다

멧돼지 같은 생존의 코를 달고 시장바닥을 헤매일 때 허한
내장이 헐어서 오히려 눈물겨웠다

어느 날 안동에서 벗이 찾아와 남광주시장 국밥집 골목을
함께 걸었다 행인 몇은 구릿해서 얼굴을 돌렸으나 우리는 달
콤했다

그와 나의 코가 멀리 닮아서 서로의 유년을 쓰다듬으며 손
을 쥐었다

박노식 _ 2015년 《유심》 신인상 등단. 시집으로 〈고개 숙인 모든 것〉 〈시인은 외톨이처럼〉이 있음. 2018
년 아르코문학창작기금 수혜

콧물

박
대
성

산마루에서도 물이 나는지
가끔은
마루에서도 물이 나는지

그가
바람으로 머물다 간
냄새

마루에는
그 냄새들이 흥건

그 냄새 떠나보내는
시큰한 방울방울

귀보다 먼저
눈보다 크게

방울방울
시큰하게 흐르는

박대성 _ 2001년 강원일보 등단. 시집으로 〈아버지 액자는 따스한가요〉가 있음.

코가 없다

코가 코 위치에
붙지 않은 사람이 있다

코가 눈 위치에
귀 위치에
입 위치에 붙은 사람

코로 보고
코로 듣고
코로 맛보는
얼굴이 모두 코인 사람

온갖 냄새를 맡고
온갖 걸 소유하려는 사람

꽃냄새 풀냄새는 멀리 있다
이 시대
코의 자리.

박
두
순

박두순 _ 1977년 《아동문학평론》 동시, 《자유문학》 시 신인상 당선. 동시집 〈사람 우산〉 등 13권, 시집 〈인간 문장〉 등 4권. 대한민국문학상, 소천아동문학상, 한국아동문학상, 방정환문학상, 한국문협작가상, 자유문학상 등 수상. 한국동시문학회장, 한국현대시인협회와 국제PEN한국본부 부이사장 역임.

박
명
숙

불 꺼진 코

유채꽃 갈아엎고
튤립 목 잘라 내고

사회적 거리 벌리며
향기마저 꺼뜨린 봄

내 코는
암중모색 중

꺼진 불을 뒤지는 중

박명숙 _ 1993년 중앙일보 신춘문예 시조 당선. 1999년 문화일보 신춘문예 시 당선. 시집으로 〈은빛 소나기〉 외. 중앙시조대상. 김상옥문학상 등 수상.

샤넬 넘버 5

박
미
숙

생기발랄한
마릴린 먼로 무덤에서
체액을 거르는 일
금빛 오렌지 나무에서
황홀한 꿈을 꾸는 일

장미와 프리지아 한 아름
쏟아내는 꽃집의 손님
색이 없는 방향제를 갖고 있다

공중에 산화하는 체취
홀연히 악몽을 꾸고
달콤한 피안의 전생은
부표처럼 떠다닌다

여린 손목
푸른 정맥 위로
정제된 오일을 주유한다

살 냄새, 살짝
그을린 불꽃
사방에 튀어 오른다

박미숙 _ 2019년 《시와소금》 동시 신인문학상 등단. 한국여성문학대전 최우수상 수상.

콧대는 콧대다

박
미
자

은어가 회귀하는 비릿한 포구마을
경매꾼 날렵한 손 어판장을 흔든다
낙찰된
생선상자 앞 울 이모가 서 있다

재래시장 모퉁이를 전세라도 낸 듯한
구수한 입담으로 손님 발길 잡아끈다
꽃 시절
그 높던 콧대 어디에 감추셨나

살면서 한 번쯤은 꺾인 적 왜 없을까
중심을 잡지 못해 휘청대는 길목에서
버텨라
딱 버텨 보자고 우뚝하게 서 있다

박미자 _ 2009년 부산일보 신춘문예 시조 당선. 시조집으로 〈그해 겨울 강구항〉 〈도시를 스캔하다〉가
있음. 울산시조 · 울산문학 작품상, 김상옥백자예술상 신인상 수상.

물끄러미

맡아는 봤나. 뼈다귀 앞에 두고 개줄에 묶여 닿지 않는
원을 그릴 때 바람의 속살보다 맛있는 안타까운 허기진
냄새를. 코끝을 벌름거리는 저 냄새의 맛

씹어는 봤나. 모락모락 피어오른 따뜻한 한 끼에 서린
체온을. 햇볕이 내리쬐는 담장 아래 나른한 듯 밀려오는
졸음보다 뜨신, 파닥거리는 배부름을

핥아는 봤나. 흙바닥을 딛고 뛰어 올랐다 떨어진 저,
뼈다귀를 핥고 지난 바람보다 빠르게 겹겹의 발자국을
찍으며 동동거리는 기다림의 세상에서

한 끼 냄새는 배부름보다 더 졸립다는 것을

박복영

박복영 _ 전북 군산 출생. 1997년 《월간문학》 시 등단. 2014년 경남신문 시조, 2015년 전북일보 시 당선. 시집으로 〈낙타와 밥그릇〉 외, 시조집 〈바깥의 마중〉이 있음. 천강문학상 시조 대상, 성호문학상 등. 오늘의 시조회의, 전북작가회 회원.

난쟁이 엿장수

박분필

그 질감나무 밑에는 자주
지게에 얹은 엿장수의 엿판이 있었지

백 고무신 한 짝에도 엿 뭉텅 떼어주고
몽당숟갈 하나에도 엿 듬뿍 잘라주던

코가 빨간 난쟁이 엿장수 그는
엄마 시집올 때 따라와 수발들어주고
동네 허드렛일 도맡아 해 주던 하느님의 아들이지

간식도 술지게미, 주식도 술지게미여서
어릴 적부터 코가 빨갰다는 난장이 엿장수는
엄마 어릴 적 소꿉친구였지

엄마가 걸러준 걸쭉한 탁배기 한 사발로
삐에로가 되어 가위춤 추던 난쟁이 엿장수

햇살이 풋감과 감잎 사이로 수많은
얼룩이 되어 엿판 위로 쏟아져 내렸지

박분필 _ 1996년 시집 〈창포잎에 바람이 흔들릴 때〉로 등단. 시집으로 〈산고양이를 보다〉 외 다수. 현재 〈시와소금〉 편집기획위원.

삼월 그리고 오렌지

박
수
현

둥근 오렌지가 더 둥근 오렌지에 기대앉아
프리미엄으로 웃고 있습니다
당도 높은 것을 찾으려
오렌지 배꼽에다 흠흠, 코를 갖다 댑니다
과육 알갱이들이 실핏줄을 터뜨리나 봅니다
오렌지 향기는 바람에 날리고~
터진 배꼽 사이로 오렌지 밭이 떠오릅니다
앞치마를 한 여자들 종아리가 환하고
근육질의 사내들이 오렌지 바구니를 나릅니다
햇살 쨍쨍한 오렌지카운티와
불법체류 황사가 두리번대는 서울의 하늘 사이
오렌지 향기는 바람에 날리고~
발렌시아 오렌지, 블러드 오렌지, 네이블 오렌지
삼월의 힘센 오렌지들이
붉은 줄 쳐진 카트를 밀며 만만한 나를 굴립니다
막 봄빛이 터져 나는 대지의 배꼽들이
막무가내 굴러떨어지며 흩어집니다
저녁 식탁엔 껍질 벗긴 오렌지에 코를 박는 여자와
오렌지 마멀레이드를 얹은 식빵 한 조각이 있습니다

박수현 _ 경북 대구 출생. 2003년 《시안》 등단. 시집으로 〈운문호 붕어찜〉 〈복사뼈를 만지다〉 〈샌드 페인팅〉이 있음.

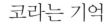

박
영
미

코라는 기억

기억은 코를 통해 온다

때로는 그의 가슴에서 바다 내음을 맡는다
끝없이 펼쳐진 바닷속 고동소리
작은 물고기가 되어 그의 바다에서 헤엄을 친 기억
물의 내음과 햇볕에 마른 모래의 내음과 멀리서 전해 오는
시원한 숲의 내음을 섞어
내 가슴 속 깊은 곳에 담아두었다

밥이 끓는 냄새 속에서 어머니를 떠올렸다
어머니의 기억은 그 어린 날의 젖냄새
저녁 무렵 나를 부르던 어머니의 품
그 안에서 피어오르던 어머니의 향내를 떠올리다가
나는 그만 왈칵 눈물을 쏟았다

코가 자라나고 기억이 커져갔다
저만의 방으로 들어간 냄새들이 따로이 혹은 한 데 섞여 나
를 불러낼 때
나는 주체할 수 없는 그리움에 울곤 하였다
온통 뒤섞인 냄새들 속에서 지난날들은 걸어 나오고
나는 매일 코를 부벼대며 운다 코를 지운다

박영미 _ 1971년 서울 출생. 이화여자대학교 의과대학 졸업(내과 전문의). 2001년 도미하여 미국 피츠
버그 대학교와 클리블랜드 클리닉에서 근무. Case Western Reserve 대학교에서 세포생물학 박사학위. 현
재 이화여자대학교 의과대학 교수로 재직 중. 2020년 《시와소금》 봄호에 「겨울 식물원」과 「나비는 어디
로」를 발표하며 등단.

코를 경배하며 노래 부르다

박
옥
위

어머니 아 쇠고기 냄새가 참 달콤해
막내는 연신 코를 흠흠흠 야 맛있겠다
후각은 시각을 넘어 날아들고 있구나

이른 봄 시냇물에 눈 녹는 산동마을
산수유 향꽃기가 콧속을 간질일거나
온 동네 노란 향에 취해 재채기도 노랗겠다

몸속을 흐르는 감미로운 이 바람기
오묘한 신비로 순환하는 푸른 숨결
생명은 그대 소관이니 콧대 높을 수밖에

심상을 흘러나온 그녀의 콧노래가
산소방울 내뿜으며 간들간들 산들산들
바람은 숨결이거니, 나지마기 순명할 뿐

박옥위 _ 1965년 《새교실》 시, 1983년 《현대시조》와 《시조문학》 천료. 시조집으로 〈그리운 우물〉 〈조각
보평전〉 〈낙엽단상〉 등 12권. 초등교직 38년 봉직 〈국민훈장동백장〉 수훈. 성파시조문학상, 이영도시조문
학상, 김상옥시조문학상 외 다수. 부산문협부회장, 여성문인협회회장, 기장문인협회회장 역임. 문학공간
숲 운영.

박
옥
주

입보다 먼저

엄마가
된장국을 끓여요.

보글보글
끓는 봄을

발름발름
코가 먼저
맛보아요.

- 흠, 이건 냉이야!
- 흠, 이건 달래로군!

향기로 배부른 코
다음은
입이 맛볼 차례예요.

박옥주 _ 2007년 《문학과 어린이》 등단. 동시집으로 《둘리가 사는 동네》 등. 문화체육부장관 표창, 한국
잡지언론상(편집부문), 도봉문학상, 한국문학백년상 수상. 현재 한국문인협회, 한국동시문학회, 새싹회, 김
수영문학회 회원, 한국아동문학인협회 이사. 《월간문학》 편집위원, 《아동문예》 편집국장.

코

빛이
등성이에 닿자마자 튕겨나가네
단단하고 긴 마음을 비운 덕이겠지
아무리 후벼도 깊이를 알 수 없는
동굴 같은 속내로 길게 뿌리 뻗어
자리를 틀었네
두 개의 통로로 풀무질해가며
가슴팍 두들겨 생을 분주히 경작하네
때때로
몸통 부풀려가며 순화된 바람을 들여
심장에 피를 돌게도 하지
더욱이 사주팔자 사나운 내 얼굴 복판에
뼈대를 세우고
모진 세상 순하게 살라고 중심을 곧게 잡아주네
비탈진 생애를 꼿꼿이 타고 오르는 너,
식 자나 늘어져 가는 인생을 나무라듯
집중적으로 나를 관장하고 있네

박일만 _ 전북 장수 출생. 2005년 《현대시》 등단. 시집으로 〈사람의 무늬〉 〈뿌리도 가끔 날고 싶다〉 〈뼈의 속도〉 등. 송수권 시문학상 수상. 한국작가회의, 한국시인협회, 전북작가회의 회원.

박
일
만

■ 시와소금 시인선 · 100

박해림 시집

『오래 골목』

박해림_부산 출생으로 고려대 한국어문학과(문학석사)와 아주대 국문학과를 졸업(문학박사)
했다. 1996년 《시와시학》(시), 1999년 《대구시조》(시조), 1999년 《월간문학》(동시)으로 각각
등단했다. 2001년 서울신문 부산일보 신춘문예에 시조가 당선되었으며, 시집으로 『그대, 빈집
이었으면 좋겠네』 『바닥경전』 『고요 혹은, 떨림』 『실밥을 뜯으며』가 있다. 시조집 『못의 시학』
『미간』 『저물 무렵의 시』 『눈 녹는 마른 숲에』와 동시집으로 『간지럼 타는 배』가 있다. 시 평론집
『한국서정시의 깊이와 지평』과 시조 평론집 『우리시대의 시조 우리시대의 서정』이 있다. 수주
문학상, 김상옥시조문학상, 지용신인문학상, 청마문학상신인상을 수상했으며, 아주대, 경희대,
호서대 강사를 역임했다. 현 계간 《시와소금》 부주간과 도서출판 《소금북》 대표로 있다.

　　세상의 수많은 골목. 어느 나라, 어느 세상이든 존재하는 골목들. 세상으로 난 길은
골목에서 비롯되었다고 해도 과언이 아니다. 오랜 시간, 골목은 골목을 낳고 골목으로
이어졌으며 새로운 세상을 만들어내었다. 그러니까 골목은 더 넓은 세상으로 나가는
길목이었으며 삶의 지름길이었다. 그동안 우리가 땀을 흘리며 걸었던 수많은 세상
길은 처음부터 골목이라고 해야 할지 모르겠다.
　　뒤돌아보면 아득한 날들. 그 길 끝엔 날마다 조금씩 자라는 골목이 있다. 골목에서
살았거나 걸어본 사람은 안다. 수많은 시간이 통과한 벽과 길, 천천히, 더디게 자라서
아무리 세상이 변해도 쉽게 사라지지 않는 따뜻한 이야기들. 한숨, 눈물, 웃음, 노래,
환희, 숨결, 그리고 희망 등이 골목 곳곳에서 발아하고 있는 것을.

　　　　　　　　　　　　　　　　　　　　　　　　　　　　　　　　－「작품해설」에서

· 24436 강원도 춘천시 충혼길20번길 4, 시와소금 ｜ ☎ (02)766-1195, 010-5211-1195
· 전자주소: sisogum@hanmail.net ｜ 다음카페: http://cafe.daum.net/poemundertree

ㅂ-2~ㅅ

박정숙 __ 춘향이 코를 꿰어

박해림 __ 약코

배세복 __ 콧대를 짓이기다

백우선 __ 우공

백이운 __ 코

백혜자 __ 위험한 행렬

복효근 __ 코에 대한 몽상

서범석 __ 착한 괴물

서정임 __ 코를 잘랐다

서정화 __ 그물코의 물리적 기억

성영희 __ 봄바람이 슬쩍,

손석호 __ 시큰거린 이유

송경애 __ 코와 키스

송과니 __ 최면적인 냄새 쫓아서

송병숙 __ 뿔의 기억

송연숙 __ 나비뼈

신명옥 __ 현문玄門

신미균 __ 애인

신사민 __ 나무와 사람

신원철 __ 숨 쉬는 먼지

신필영 __ 후각

심동석 __ 봄 하늘을 오르는 코

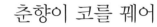

춘향이 코를 꿰어

박
정
숙

바늘에 코가 꿰인 춘향 여사 볼 적시면

소처럼 한 번 꿰인 코뚜레를 뺄 수 없어 몽룡 씨랑 코 맞대고 토끼 같은 자식 낳아 지지고 볶으며 알콩달콩 쉰 고개 넘기까지 밤낮없이 끙끙대며 돈 되는 건 다 물어 와 자식들 배불리 멕여 대기업에 취직시켜 출가까지 시켰건만

이 자식들 하는 꼬라지들 좀 보소, 명절인데도 코빼기도 안 내미는 거야 춘향은 코를 석 자나 늘어뜨리고 약 살 돈은 없고 얘들아 코끝이라도 보여 달라고 울며불며 애원하는데 그 코 안 보이네 냄새조차 맡을 수 없네

세상 떠나가도록 푸념하고 있는데 누가 흔들어서 보니 춘향의 주먹코를 몽룡 씨가 잡고 있는 흔드는 거야 "낮잠 그만 자고 일어나. 애들이 단옷날이라고 왔네. 저기 동구 밖 그네 놀이나 함께 가세."

기지개 켜면서 따라나선 춘향 여사 봄 내음 흠뻑 맡도록 몽룡 씨 언제 아지랑이를 자욱하게 깔아 놓았는지 참!

박정숙 _ 경남 창원 출생 2020년 《영남문학》 신인상 등단.

약코

박
해
림

아기 울렸다고
할머니에게 야단맞은 언니는
코끝 발개지도록 울고
오빠는 콧물 나도록 울고
언니 오빠와 놀다 넘어진 아기는
눈물 콧물 범벅돼서 운다.

–까꿍까꿍
아기 코에 대고
코를 부비부비하는 할머니
그 모습이 너무 웃기다고
콧구멍 넓히며
언니가 하하 웃고
오빠가 히히 웃고
아기는 흐흐 웃는다

할머니 코는 약코다!

박해림 _ 1999년 《월간문학》 동시 등단, 1996년 《시와시학》 시 등단, 2001년 서울신문, 부산일보 신춘문예 시조 당선. 동시집 《간지럼 타는 배》, 시집 《오래 골목》 외 4권, 시조집 《못의 시학》 외 4권, 시 평론집 《한국 서정시의 깊이와 지평》, 시조 평론집 《우리 시대의 시조, 우리 시대의 서정》이 있음. 수주문학상, 김상옥 문학상 외 수상.

콧대를 짓이기다

배
세
복

처녀 출항, 콧대만큼 높은 돛대를 달고! 하지만 선장은 소년이 불편했다 무례하게 다가오는 너울처럼 소년은 불온했으므로, 지각 또 지각, 아무도 깨워주지 않는 세상의 무심을 소년은 그렇게 하소연했다 수화기엔 부모 대신 할아버지 비틀어진 목소리뿐, 툭툭 끊기는 가정통신, 선장은 무얼 했던가, 수차례 상담 혹은 협박, 거친 두어 마디 전홧말로 아침잠 깨우기, 허나 소년은 콧대만 높은 선장을 받아주지 않았다 회초리-바다 저쪽 신기루처럼 아름답게 왜곡된 이름-그걸 휘둘렀던가 이게 최선의 방법이지, 아무도 거들떠보지 않는 세상, 네 마음 헤아리는 건 나밖에 없어! 가까스로 배의 난간 잡고 있는 소년을 심해 저편으로 떨군 줄 모르고, 뭍에서 너무 멀리 와서 아예 대답조차 없던 무선통신, 이젠 결석 또 결석, 퇴학, 제적 그래서 그해 바다는 고요해졌던가, 노여움 덜기 위해 바쳐지는 바다의 제물…… 꿈이었나, 십 년 훌쩍 지나 만난 소년, 왜 아직 교복 입고 있어? 선생님, 전 이 옷밖에 없어요! 소년의 발치에 파도 되어 엎드렸다 내 꿈에 왜 찾아오니, 나는 네 선장이 아니잖아 선생이 아니잖아! 불면의 해초 되어 어둠 속 머리만 흔들었다 밤새 콧대를 짓이겨댔다

배세복 _ 2014년 광주일보 신춘문예 등단. 시집으로 〈몬드리안의 담요〉가 있음. 문학동인 Volume 회원.

우공

숨은 코보다 코뚜레로

더 많이 쉬리

숨결 돋울 코걸이로

닦고 닦아가는 일생이리

백우선

백우선 _ 1981년 《현대시학》 시 등단. 1995년 한국일보 신춘문예 동시 당선 시집으로 《탄금》 외 다수. 동시집으로 〈지하철의 나비 떼〉 등이 있음.

코

백이운

소리를 본다 하고, 향기를 듣는다며

아름답게 말할 줄 알았던 사람들

코끝에 삼라만상이 앉은 것도 보았대

백이운 _ 1977년 《시문학》 추천 완료로 등단. 시조집으로 〈달에도 시인이 살겠지〉 등 7권. 한국시조작품상. 이호우시조문학상. 유심작품상 수상.

위험한 행렬

백
혜
자

똥개 한 마리
차들이 잠시 멈춘 만천교차로를
아슬아슬하게
어 슬 렁 건너가고 있다

솟구치는 호르몬의 힘에 고삐를 끊고
위험한 자유의 몸이 되었을까?

바람 타고 날아온 암내에 홀려
바람 따라 가다 매연 속에서 길을 잃었을까?

그 예민한 개 코의 후각도
흐려놓은 매연 속을 지나
어리둥절한 모습으로
목련꽃 흐드러지게 핀 도시의 뒷골목으로
설렁거리며 사라진 후

그 뒤를 쫓아
갤로퍼
무쏘
봉고
·········
떼 지어 무섭게 달려간다

백혜자 _ 1996년 《문학세계》 등단. 시집으로 〈초록빛 해탈〉 〈나는 이 순간에 내가 좋다〉 〈저렇게 간드러
지게〉 〈구름에게 가는 중〉 등이 있음. 강원여성문학상 대상 수상.

코에 대한 몽상

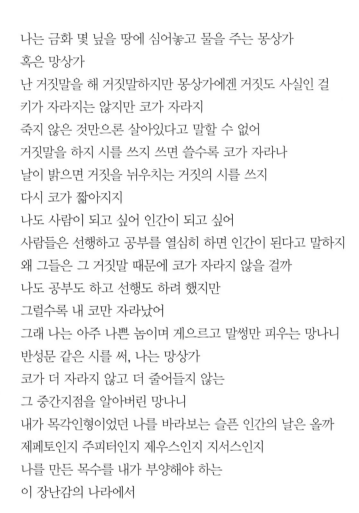

복
효
근

나는 금화 몇 닢을 땅에 심어놓고 물을 주는 몽상가
혹은 망상가
난 거짓말을 해 거짓말하지만 몽상가에겐 거짓도 사실인 걸
키가 자라지는 않지만 코가 자라지
죽지 않은 것만으론 살아있다고 말할 수 없어
거짓말을 하지 시를 쓰지 쓰면 쓸수록 코가 자라나
날이 밝으면 거짓을 뉘우치는 거짓의 시를 쓰지
다시 코가 짧아지지
나도 사람이 되고 싶어 인간이 되고 싶어
사람들은 선행하고 공부를 열심히 하면 인간이 된다고 말하지
왜 그들은 그 거짓말 때문에 코가 자라지 않을 걸까
나도 공부도 하고 선행도 하려 했지만
그럴수록 내 코만 자라났어
그래 나는 아주 나쁜 놈이며 게으르고 말썽만 피우는 망나니
반성문 같은 시를 써, 나는 망상가
코가 더 자라지 않고 더 줄어들지 않는
그 중간지점을 알아버린 망나니
내가 목각인형이었던 나를 바라보는 슬픈 인간의 날은 올까
제페토인지 주피터인지 제우스인지 지서스인지
나를 만든 목수를 내가 부양해야 하는
이 장난감의 나라에서

복효근 _ 1991년 《시와시학》 등단. 시집으로 《따뜻한 외면》 《꽃 아닌 것 없다》 《고요한 저녁이 왔다》 등
출간. 편운문학상 신인상, 시와시학 젊은 시인상, 신석정문학상 등 수상.

착한 괴물

　코와 코를 맞대고 뜨거운 숨을 내뿜으며 아니 서로 들이키면서 나누는 열정의 키스, 아니야 책가방이 귀여운 이빨을 내놓고 동화책의 가나다라 코를 잡아 가두는 숨 막히는 포옹, 아니야 부대찌개 안에서 솟아나는 라면사리의 김 서린 하얀 활등코 따라 좁쌀눈 마누라에게 건네는 김 부장의 눈웃음, 아니면,

　자아 출석 부른다. 어젯밤 가족 고스톱에서 판돈까지 싹 쓸어간 주먹코, 예. 금년도 수퍼카 경연에서 우승하고 그날부터 콧수염이 간지러운 벽장코, 넵. 1년 만에 아비뇽에서 삼천억 달러를 물어온 투자의 귀신 요즘 자선바람개비 물고 달리는 들창코, 네에. 칠전팔기의 가운을 씹으며 30년 만에 금메달 걸고 금의환향한 권투선수 주먹코, 네네. 잼잼 먹고 도리도리 먹고 곤지곤지 먹는 사랑스런 아가의 벌렁코, 넹

　왜, 사람들의 코에는 모두 괴상한 이름만 붙는 걸까요, 매부리코 할아버지!

　너 없인 못산다는 신발의 코를, 너 없이도 잘 산다는 얼룩말코에 녹여 붙이는, 배고플 때 찾아오는 곰보빵의 코를, 배부를 때 찾아가는 산 낙지의 신발코에 얽어매는, 아침마다 비린내를 쏴대는 신문의 코를, 삼천 년에 한 번 핀다는 우담바라꽃의 콧등에 접붙이는,

서범석 _ 1987년 《시와의식》 신인문학상(평론), 1995년 《시와시학》 신인문학상(시)으로 등단. 시집으로 《풍경화 다섯》 《흙물》 《종이 없는 벽지》 《하느님의 카메라》 《짐작되는 평촌역》 등. 김종삼 시인 기념사업회 회장, 국제어문학회 회장, 한국문학비평가협회 상임이사 등 역임. 현재 대진대학교 명예교수, 계간 《시와소금》 편집위원.

서
정
임

코를 잘랐다

냄새가 났다
눈과 눈이 부딪쳐
허공중에 타오르는 불꽃 냄새였다
남모르게 주고받는 저 은밀한 치정을 눈치챈 누군가
질문을 던져 오리라 귀를 잘랐다
냄새를 맡았으나 맡지 않은 것이다
질문을 들었으나 듣지 않은 것이다
입을 닫은 목울대에서
누군가의 눈과 눈이라 내뱉고 싶은 말들이 솟구치다
휩쓸려 들어가기를 반복했다
날이 갈수록 의문이 의문을 더하고
그 뜨거움에
적당한 간격으로 정갈하게 서있는
메타세콰이어 나뭇길을 생각했다
그러나 냄새가 여전했다
제대로 된 냄새 아닌 냄새
코를 자르고 잘라도 냄새가 났다

서정임 _ 2006년 《문학선》 등단. 시집으로 〈도너츠가 구워지는 오후〉가 있음.

그물코의 물리적 기억 ─ 코

서
정
화

그녀는 공기의 방식으로 어디든지 갈 수 있지

문을 열고 들어서자 입구부터 쏟아질 듯 팽팽히 콧등 위에
춤추는 눈동자들 방울방울 맑게 정제한 투명한 감옥 유리병
리본끈 머리 풀고 한껏 숨을 들이마시면 무겁도록 가벼워져
그 세계로 귀환하지 5월의 봄볕을 입은 향이 공중에 꽉 차 있
지 메케함과 국화 향이 일어 달콤하고 쓸쓸한 기분이야 비바
람 천둥 번개가 구르고 굴러 내리쳐도 이대로 지지 않아요. 애
달피 한움큼씩 호흡을 하며 처절히도 흘러가….

한사코, 내 가슴 겹겹 놓아 주지 않았어

서정화 _ 서울 출생. 2007년 백수 정완영 전국시조백일장 장원 등단. 2018년 《서정시학》 신인상 받음.
시집으로 〈유령 그물〉 〈나무 무덤〉 〈서이치에 기대다〉 〈언어의 모색〉이 있고, 시선집으로 〈숲 도서관〉이
있음.

성 영 희

봄바람이 슬쩍,

봄밤,
달큰한 향기가 코를 부른다
어느 담장의 숨겨둔 비밀인가
살금살금 다가가 까치발을 들고 보니
하얀 달빛아래 만발한
라일락 소녀
부끄럼이 많아서인지
혼자서는 못 웃고
둘이서도 못 웃고
옹기종기 웃고 뭉클뭉클 웃고 함빡함빡 웃고

벌름거리던 코만 흠뻑 젖어 몽롱한데
모든 향기의 통로는
콧, 구멍이라고
봄바람이 슬쩍
귀띔하고 달아난다

성영희 _ 2017 경인일보, 대전일보 신춘문예 시 당선. 시집으로 〈섬, 생을 물질하다〉 〈귀로 산다〉가 있음. 농어촌문학상, 동서문학상, 시흥문학상 수상. 2019년 인천문예재단 창작지원금 수혜.

시큰거린 이유

손
석
호

콧등에 기대고 있는 안경을 손가락으로 쓸어 올릴 때
바람이 불어, 문득
내 풍경이 누군가에게 등을 기대고 있는 것 같아
살며시 눈이 감겼다

언젠가부터 앙상한 풍경 속에
당신은 보이지도 들리지도 않아
억지로 기억해낸 체취에 기대어 잠들곤 했는데
빗소리에 놀라 눈뜨면
체취는 항상 말끔하게 씻겨져 있었다

장마의 밤이었다
체취가 젖지 않게 마음속에 코처럼 오두막을 짓고
창을 활짝 열어놓았다
며칠을 기다려도 아무 냄새도 나지 않아
창밖으로 목을 빼내 킁킁거렸는데
왈칵 눈물이 났다

콧등으로 빗물이 쏟아졌기 때문이었다
단지 콧등에서 튄 빗물이 눈 속으로 밀려들었기 때문이었다

손석호 _ 2016년 《주변인과문학》 등단. 등대문학상, 공단문학상 각 최우수상 수상. 문학동인 Volume 활동.

송
경
애

코와 키스

옛날에
꼬마였던 옛날에
어쩌다 입맞춤 하는 것을 영화에서 보았네
아저씨의 모자에 가려졌던 입맞춤,
그 날부터 걱정을 했네
코는 어떻게 하고 입을 마주하나?

키스도 관심 밖인지 오래된 지금
문득 그 생각이
어이없게도 내 어깨를 툭 치고 달려와
피식
나를 웃게 하네

송경애 _ 2003년 《문학예술》 등단. 시집 〈세상에서 가장 아름다운 말〉이 있음.

최면적인 냄새 쫓아서

송
과
니

어깨를 어깨로 끌고 가게 하는 태양에
넉넉히 싫증 난 지상은 분무기 풍겨댄다.
한 붓이 먹물 냄새 쫓아 킁킁거리는 밤.
그런데 하늘 안에 하늘이 없다.
그 자체가 분명 캄캄 명품 먹통인데,
이상하다, 먹 냄새가 전혀 나질 않는 것이다.
그 중심에서 드세게 금도금한 것들이
각자 점 한껏 화려하게 찍어댈 뿐인 것이다.
안 되겠다. 모름지기 구걸해도
절대 맡을 수 없는 먹물 냄새
대신 이기적 이기적으로 반짝이는 저 별들
그 진한 금도금의 냄새
최면적으로 핥고 핥아댈 것이다.
한 붓끝이 천하에 개 코가 된다. 이 밤.

송과니 _ 2015년 시집으로 작품활동. 시집으로 〈홀몬전서〉 등. 수주문학상 수상.

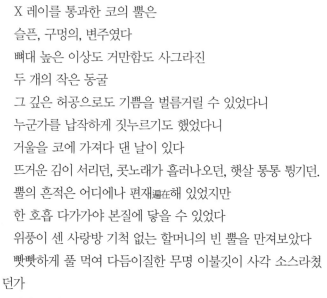

송
병
숙

뿔의 기억

X 레이를 통과한 코의 뿔은
슬픈, 구멍의, 변주였다
뼈대 높은 이상도 거만함도 사그라진
두 개의 작은 동굴
그 깊은 허공으로도 기쁨을 벌름거릴 수 있었다니
누군가를 납작하게 짓누르기도 했었다니
거울을 코에 가져다 댄 날이 있다
뜨거운 김이 서리던, 콧노래가 흘러나오던, 햇살 통통 튕기던.
뿔의 흔적은 어디에나 편재遍在해 있었지만
한 호흡 다가가야 본질에 닿을 수 있었다
위풍이 센 사랑방 기척 없는 할머니의 빈 뿔을 만져보았다
빳빳하게 풀 먹여 다듬이질한 무명 이불깃이 사각 소스라쳤
던가
설핏 스쳐도 소르르 냉기가 옮겨 붙던 삶과 죽음의 아슬한
분계선
거울은 킁킁거렸지만 생의 온기를 감지해 내지 못했다
구멍을 막아 구멍의 얼개를 흔들어보는 한 호흡
슬픔이 범람할 때면 나는 날것의 뿌리를 흔들어본다
삶은 어떤 뿔로 기억되는지
어떤 뿔이 나를 뒤적이는지

*'메멘토 모리(MEMENTO MORI)'는 '죽음을 기억하라'

송병숙 _ 1982년 《현대문학》 초회 추천부터 활동. 시집으로 《문턱》 《'를'이 비처럼 내려》가 있음. 한국시
인협회, 한국가톨릭문인회, 춘천문인협회, 춘천여성문인협회 회원. 원통중고등학교장, 강원여성문학인회
장 역임. 현 한림성심대 강사.

나비뼈

송
연
숙

브라질에서 나비가 날갯짓하면 텍사스에서 토네이도가 일어 날까?*

두개골 X-레이에 나타난 노랑나비 한 마리, 그 나비뼈**를 바라본다. 나비는 뼈대 있는 가문을 원했고, 나는 뼈대 있는 가문 따윈 버리고 싶었다. 계절의 페이지를 되돌려 딱 한 순간, 나비가 날갯짓하는 순간으로 돌아간다면 나는 그 어느 시점 으로 돌아갈까? 돌아가서 노란 날개 팔랑팔랑 흔들어 토네이 도 치는 오늘의 나를 다시 만들까?

꽃을 보면 눈을 지그시 감고 코에 먼저 향기를 건네주었던 것, 맛있는 음식 앞에서 코를 벌름거리며 향을 먼저 먹었던 것 도 다 내 코안에 나비가 있어서였다는 것을 나비뼈를 보고 알 았다. 뼈대 있는 가문을 얻기 위해서는 날개를 버려야 한다는 것도.

찢어진 파지들이 지구의 판이 되고 그 판 사이로 나비가 날 아오른다. 차가운 공기를 따뜻하게 데워 들숨으로 들이고 들 숨이 다시 날숨이 되는 시간, 걸어온 길로 되돌아가는 시간의 여행은 나비굴**을 통과해 나비가 되는 시간이다. 시공을 넘 어가는 장엄을 위해, 나비를 위해, 카오스의 굴 같은 시간의 페이지를 나는 담담히 넘기는 것이다.

*에드워드 로렌츠의 나비효과
**코안에 들어온 공기를 따뜻하게 데우는 역할을 하는 뼈와 구멍

송연숙 _ 2016년 《시와표현》 등단. 2019년 강원일보 신춘문예 당선 시집으로 《측백나무 울타리》가 있음. 현재 한국시인협회 회원. 《시와표현》 편집장.

신
명
옥

현문玄門 — 동의보감을 읽으며

코코코코 눈! 코코코코 입!
세 살 지윤이가 코맹맹이 소리로 따라한다

코는 호흡이 드나드는 길
콧구멍은 천국으로 들어가는 문門
노자는, 골짜기의 신은 죽지 않으니 현빈玄牝이라 부른다
현빈의 문은 천기天氣의 뿌리
소통이 순조로워야 냄새를 나른다

코가 막혀 입 벌리고 숨 쉬는 지윤이 콧마루를 문지른다
코선반 속 동굴 같은 코곁굴에서
냉기를 따뜻하고 촉촉하게 덥혀주기를

칡뿌리를 끓이고, 도라지를 볶는다
따뜻한 물을 대어 폐에 온기를 넣는다

코코코코 귀! 코코코코 코!
 지윤이 웃음소리 커질 때까지, 맑은 기氣가 하단전에 닿을
때까지

신명옥 _ 2006년 《현대시》 등단. 시집으로 〈해저 스크린〉이 있음.

애인

당신은 나에게
코를 잡혔습니다

나는 한 코 한 코
당신을 꿰어갑니다

당신의 고집이 도르르 굴러
내게서 멀어지거나
어두운 구석으로 숨어버리기도 하지만
코가 꿰어 있기 때문에
어쩔 수 없이 도로 돌아오게 됩니다

당신은 내 손으로
만들어지고 있습니다

선명하게 색깔과
무늬가 보이기 시작합니다

당신의 따뜻한
숨소리가 느껴집니다

당신을 입고 추운 겨울을
견뎌야겠습니다

신
미
균

신미균 _ 1996년 《현대시》 등단. 시집으로 〈맨홀과 토마토케첩〉 〈웃는 나무〉 〈웃기는 짬뽕〉이 있음.

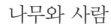

나무와 사람

신
사
민

아직은 기다려야 할 때
마냥 길게 느껴지는 그 마음에 기대어본다

문득 코앞에 닥쳐왔을 때
코앞보다 가까운 곳이 있을까
불현듯이 가깝게 느껴지는 그 마음에 안기어본다

길고도 긴 시간을 지나와 한 점에 찍고
멀고도 먼 거리를 돌아와 한 아름에 안고
늘 우리 곁을 지켜준 세상이다

아, 이런 나였구나
나무가 되어본다
사람이 되어준다

깊은 영혼의 눈매를 가진 나무는 벙글고
맑은 정신의 코끝으로 사람이 꽃 핀다

곧장 똑바로 지금 여기에 서서
아, 그런 너였구나

신사민 _ 충주 출생 2019년 《시와소금》 신인문학상 등단. 저서로 〈예수는 누구인가〉 〈누구나 깨우침을
얻는다〉가 있음.

숨 쉬는 먼지

신
원
철

어머니의 이불과 베개가 털리면
햇살아래 자욱하게 먼지가 퍼지고
일부러 코를 들이밀었던
툇마루 가득 팡팡 울려 퍼지던 회초리 소리

훈육주임의 몽둥이 아래
교복 엉덩이 뒷주머니에서
풍풍 터져 나오던
훈훈한 소리

그리고 신작로 버스 뒤로 뽀얗게 일어나던 먼지

모두 청소기 속으로 빨려 들어가고
이제는 서쪽에서 목을 조이며 덮쳐오는
검은 그림자

신원철 _ 경북 상주 출생 2003년 《미네르바》 등단. 시집으로 〈나무의 손끝〉 〈노천탁자의 기억〉 〈닥터 존슨〉 〈동양하숙〉이 있음. 현재 강원대 삼척캠퍼스 글로벌학부 교수

신
필
영

후각

꽃향기에 취했을까 그 입술 때문일까

구린 말 창궐하는 후유증 탓이겠지

방향을 잃어버린 냄새 술맛인지 물맛인지

거푸집에 우겨넣어 제대로 틀을 짤까

퇴화된 자존심도 이참에 복원해서

출두야, 호통을 치며 구린 냄새 찾아내자

신필영 _ 1983년 한국일보 신춘문예 등단. 시조집으로 〈우회도로입니다〉 〈달빛 출력〉 외 다수.

봄 하늘을 오르는 코

심
동
석

친정집에 돌아와
마당 가의 푸성귀며 나물을 뜯어 팔며
홀로 사는 칠순 중반의 누나
순덕이 누나가 울먹인다
나같이 없이 사는 사람에게도
청첩장을 보냈다며
결혼식장으로 가는 버스 안에서
늘 숙였던 코를
높이 든 것도 잊은 채 눈물을 글썽 인다

이웃, 동문회, 침목회도
땅으로 향하는 무거운 코를
늘 서로서로 세워주며 살아가야 하는데
오늘은
손바닥만 한 청첩 한 장이
누나의 코를 가볍게 들어 올렸다
늘 장터를 오가며 땅을 향하던
순덕이 누나의 젖은 코가
햇살 가득한 봄 하늘을 오르고 있다

심동석 _ 2013년 《문학시대》 등단. 두타문학, 관동문학 동인. 한국문협 회원.

시와소금작가회 회원가입 안내

《시와소금》은 날마다 식탁에 오르는 소금 같은 시와 시인을 독자에게 소개하는
계간 시전문지입니다.
　이 시대의 서정이 살아있는 시, 젊고 새로운 시를 발굴하고 소개하는 소통의
문예지에 동참하실 분들을 찾습니다.

■ 회원 특전

- 등단하신 분은 작품 발표할 기회를 드립니다.
- 본지 출판사인 《시와소금》을 통해 책 발간 시 혜택을 드립니다.
- 본지에서 발행한 도서를 구입할 시 40% 할인혜택을 드립니다.
- 본지에서 주관하는 모든 행사에 주빈으로 정중히 초대합니다.
- 신입회원은 입회비 포함 250,000원, 기존회원은 매년 200,000원입니다.

■ 회원 가입방법

- 국민은행 : 231401-04-145670 (임세한)
- 송금 후 연락전화 : 033-251-1195, 010-5211-1195
- 전자주소 : sisogum@hanmail.net 로 책 받으실 주소를 알려주십시오.

■ 기타사항

- 사무실 가까이에 계신 분들은 직접 찾아오셔도 좋습니다.
- 정회원 회비를 보내주시면, 회원카드를 보내드립니다.
- 033-251-1195, 010-5211-1195로 전화주시면 자세히 안내해드립니다.

- 발행 : 강원도 춘천시 충혼길 20번길 4, 시와소금 (우 24436)
- 편집 : 서울시 중구 퇴계로50길 43-7 (우 04618)
- ☎ (033)251-1195, 010-5211-1195 / sisogum@hanmail.net

ㅎ-1

안명옥 __ 코

안영희 __ 눈멀고 귀 먼 다음

양소은 __ 슬픔의 냄새가 두근거리다

양승준 __ 냄새에 대하여

양점숙 __ 코, 그 오묘한

양창삼 __ 곰삭은 인생 코끝에서 터지는

염창권 __ 부비동副鼻洞 사원에서

오승희 __ 나 홀로 에스프레소

오영미 __ 죽음의 축제

오원량 __ 콧대 높이고

우정연 __ 냉갈 냄새

유승도 __ 한겨울 산중에 꽃이 피었다

유영화 __ 내 코의 안내방송

유자효 __ 코

유현숙 __ 미황사에서

윤석산 __ 콧대

윤용선 __ 냄새는 코의 탓이 아닙니다

이강하 __ 향기

이 경 __ 엄마의 베개

이경옥 __ 코가 막히다

이귀영 __ 숨 노래

이남순 __ 감국 향기

이 명 __ 코를 키우다

이명옥 __ 속내

이미순 __ 코

이병달 __ 코

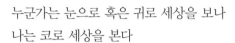

코

안명옥

누군가는 눈으로 혹은 귀로 세상을 보나
나는 코로 세상을 본다

한때는 반짝이는 것들에 끌리더니
출근을 해서도 코로 사물을 보고

배고픈 게 무엇인지 잘 아는 코와 퇴근한다
제짝을 냄새로 알아보는 동물처럼
꽃향기에 끌리는 나비들처럼

코에 걸리는 하루
코로 보이는 사계절

고층빌딩이나 신문을 봐도 냄새가 나고
잘 가꿔진 정원에서도 썩은 냄새가 난다

보지 않을 수는 있어도
듣지 않을 수는 있어도
숨을 쉬어야 하니 어쩔 수 없는 이 냄새의 고문

악취와 먼지로 가득한 세상
오늘도 건너갈 하루가 막막해지는데
순간 나는 코가 막혔다

안명옥 _ 1964년 경기도 화성 출생. 2002년 《시와시학》 등단. 시집으로 〈칼〉 〈뜨거운 자작나무숲〉 〈달콤한 호흡〉과 서사시집 〈소서노〉, 장편 서사시집 〈나, 진성은 신라의 왕이다〉가 있음. 성균문학상, 바움문학상 작품상. 만해 '님' 시인상 우수상. 김구용문학상 수상.

눈멀고 귀 먼 다음

안
영
희

북창北窓만 조금 열어두고 향불 홀로 타던
겨울 한밤의 제사상은
몸 없이 와서 냄새로 들고 가신다고 했다

설날 아침
무럭무럭 김 나는 떡국 냄비 채 들고 와서 아랫마당 벚나무 아래
어머니께 퍼 드린다
이 별의 천지간이 음식 냄새로 가득할 때
새끼들의 냄새 좇아 왔다 가실 것이므로

눈멀고 귀 멀었던 울 강아지도 그랬다
제대로 세우지 못하는 다리로도 어김없이 찾아갔다
안고 비벼대는 겨우 월말에서야 오는 딸의 방을

안영희 _ 1990년 시집 〈멀어지는 것은 아름답다〉로 등단. 시집으로 〈어쩌자고 제비꽃〉 〈내 마음의 습지〉 등 6권. 2005년 「흙과 불로 빚은 詩」 도예 개인전(경인미술관) 개최. 현재 계간 《문예바다》 편집위원.

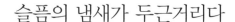

양
소
은

슬픔의 냄새가 두근거리다

입으로 먹는지 코로 먹는지 모른다던 붉은 코끼리가
신발을 벗어 놓고 헐렁한 환자복에 누워 있다

쓴 약 같은 병실을 집어삼킬 듯 위태로운 밥그릇을 쥐고 있다
세상의 모든 코는 숟가락에 잠겼다가
깊은 목에 걸려 넘어지고 차가워진 손을 놓치고

밥그릇 싸움을 하는, 입술을 문 이처럼 경계를 넘나드는 뼈대
생애의 가장 긴 밥, 먹이의 냄새를 쫓고 있다

봄이 둥글게 굴러가는 허공이다
오래, 어디쯤 가고 있나
코 줄이 내준 길을 따라 고였던 온기가 더듬더듬 숨을 끌고 간다

밤 너머에는 또 하나의 영토

원시림에서 바깥으로 밀려난 코끼리 한 마리 가끔씩
자세를 바꿀 때마다 플라스틱 같은 얼굴로
눈동자를 굴리는 입이 마른 누군가를 기다리는

몸에서 키우는 물줄기

머리의 프로그램을 바꾸지 마세요

양소은 _ 2013년 《시와소금》 으로 등단. 시집으로 〈노랑부리물떼새가 지구 밖으로 난다〉가 있음.

냄새에 대하여

양승준

모든 사람에게는 그만의 냄새가 있다
302호 세입자가 이사 가던 날,
내가 살고 있는 4층까지
그녀의 냄새가 스멀스멀, 기어올라 왔다
뭐라고 해야 할까
단지 좋다, 나쁘다가 아닌
그저 유쾌하다, 불쾌하다가 아닌
또는 화장품 냄새라거나
음식 냄새라고만은 할 수 없는,
201호 총각이 이사 가던 날도 그랬다
무엇이 자기만의 냄새를 만드는 것일까
타고난 유전자일까 아니면
식성이나 취미 등의 생활 습성일까
사람은 누구나 고유한 냄새로 자신을 증명한다는데
나는 어떤 냄새로 생을 마감할까
엊그제 지하철에서
할아버지라는 말을 처음 들었다
아마도 내게서 노인 냄새가 났었나 보다

양승준 _ 강원 춘천 출생. 1992년 《시와시학》 및 1998년 《열린시조》 등단. 시집으로 〈고비〉 〈적묵의 무늬〉 〈몸에 대한 예의〉 등 9권. 원주예술상, 강원문학상 등 수상. 현재, 원주문인협회 고문 및 《시와시학》편집위원.

코, 그 오묘한

양
점
숙

무너질 것도 없던 그의 앳된 콧대는
그리움에 젖은 바보 새 알바트로스처럼
자존도 순간이었음을 그때는 알 수도 없던

홍안의 콧대는 그 하늘을 알 수 없었다
사시사철 바람의 고도인 유리천장
뒤꿈치 바짝 세우고 키 재기를 시작했다

양점숙 _ 1989년 이리익산 문예 백일장 장원. 시조집으로 〈꽃 그림자는 봄을 안다〉 〈아버지의 바다〉 등. 가람시조문학회회장, 경기대학교 겸임교수 역임. 한국시조시인협회상, 가람시조문학상 등 수상. 현재 한국시조시인협회 부이사장, 가람기념사업회 회장.

곰삭은 인생 코끝에서 터지는

양창삼

"홍어회를 못 먹는 것은"

강인한의 시를 읽다가 웃음이 난다

그래 자네가 홍어회를 먹지 못한단 말이지.
몸이 적응을 못 하니 어찌 하겠는가

잔칫상에 홍어회가 빠지면 잔치가 아니라는 데
그것을 먹지 못하면 먹은 것 아니라는 데

친구야, 하지만 어디 그것만 홍어회이겠는가
이 세상엔 그보다 더한 것도 많지
자넨 이미 그걸 먹었는지 몰라

곰삭은 인생
코끝에서 터지는, 그 시큰한 맛

세상사 그런 거 아니겠는가
때론 눈물이 핑 돌지

양창삼 _ 1966년 첫 시집 〈부르고 싶은 이름들〉을 냈고, 2019년 열한 번째 시집 〈온 땅이 하늘의 지혜로 물들었으니〉를 냈다. 서울대 정치학과 졸업. 한양대 경상대 경영학부 명예교수. 한국시인협회 회원.

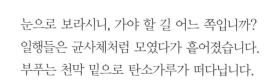

부비동副鼻洞 사원에서

염창권

눈으로 보라시니, 가야 할 길 어느 쪽입니까?
일행들은 균사체처럼 모였다가 흩어졌습니다.
부푸는 천막 밑으로 탄소가루가 떠다닙니다.

하늘은 솥뚜껑을 덮은 듯이 딱딱합니다.
쥐라기의 탄차를 누가 밀고 지나갔을까요,
어둠의 포자胞子봉지가 막 틀어진 후였습니다.

어리숙한 천사의 귀와 논리적인 사탄의 눈이
주님의 양옆에 그려져 있습니다.
가면假面의 한가운데서 망설이고 있는 당신,

우주의 부비동에 십자가로 매달립니다.
계시의 펜촉처럼 날카로운 폐환의 밤,
눈 뜨고 못 일어서는, 먹물 빛 어둠입니다.

염창권 _ 1990년 동아일보(시조)와 1996년 서울신문(시) 신춘문예로 등단. 시집으로 〈마음의 음력〉〈한밤의 우편취급소〉 외 다수. 평론집 〈존재의 기척〉 외. 한국시조시인협회상, 중앙시조대상, 오늘의시조문학상 외

나 홀로 에스프레소

높은 압력의 매혹 거부할 수 없는 향
정녕 짧은 환희거나 짙은 슬픔이어라
오만한 고독의 표상, 타협 없는 순수여

오
승
희

오승희 _ 2013년 《유심》 신인상 등단. 시집으로 《슬픔의 역사》가 있음. 2015년 아르코문학창작기금 받음.

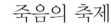

오
영
미

죽음의 축제

쿨룩쿨룩 기침 소리가 멈추자 물소리가 들리고 모든 결말이 삭제되기 시작했다

제 생을 채우지 못하고, 게임에서 진 패자는 조용히 눈을 감고, 우는 사람들의 진심을 듣고

사람들은 화투판을 벌였고 여기저기서 웃음꽃이 피어났다 죽음은 축제여야 한다고

상례원 출입구가 분주할수록 기억의 꼬투리가 잡히는 법 슬픈 얼굴 하는 상주에게 미소를 심어주마

나를 길들이는 것들에 대해 생각했다 이를테면 나는 금성에서 태어났고 너는 화성에서 왔다고 믿는 습관들

냉장고 우는 소리가 들린다 왁자지껄 술주정에 행패를 부리는 사람들 어둠을 만지면 별이 쏟아졌다

몇 개의 얼굴이 흰 정액처럼 뒤섞여 시체 썩어가는 냄새가 코끝으로 확 풍기는 상례원의 축제는 죽음보다 즐겁지 않다

오영미 _ 2015년 《시와정신》 등단. 시집으로 〈떠밀린 상상이 그물 되는 아침〉 〈상처에 사과를 했다〉 외.
충남문학상 작품상, 한남문인상 젊은작가상 수상.

콧대 높이고

멋진 스포츠카들이
한밤 도로를 질주하며
내지르는 소리는
배기 통에서 나온다
스포츠카 마니아들은 서로
최고의 스릴을 만끽하기 위해
통 큰 소음기를 달고
우렁찬 콧소리를 지르며
도로를 질주하곤 하는데

알고 보면 얼굴도
배기 통 같은 코 달고 다니는
멋진 스포츠카

얼굴 마니아들은
좀 더 뛰어난 미모로 나서고 싶어
모두 콧대 한껏 높이고
콧바람 소리 즐겁게
무법천지를 달리는데

잘난 그대도 기겁하고
놀라 까무러치겠지

오원량 _ 1989년 《동양문학》 등단. 시집으로 〈사마리아의 여인〉 〈새들이 돌을 깬다〉 〈서로는 짝사랑〉이
있음. 부산시인협회 작품상 수상.

냉갈 냄새

우
정
연

사나흘 식욕이 오르다 내리다
힘겨루기 중
아래로 기울자 잽싸게 누울 자리를 잡는다
달달하던 입맛 길을 잃고
보드랍던 쌀밥 모래알이다
소금처럼 귀한 음식이
소태 같다는 생각이 들어
입 닫고 눈 감아버리고 싶은 때
아궁이에 불을 지피던 어머니의 냉갈* 냄새가
스멀스멀 코로 스며든다
향기로운 고향이 콧속으로 들어온다
일어나자 일어나야지
그 향기로 다시 걸어가야지

* 냉갈 : 연기의 방언

우정연 _ 전남 광양 출생. 2013년 《불교문예》 등단. 시집으로 〈송광사 가는 길〉이 있음.

한겨울 산중에 꽃이 피었다

읍내에서 들어온 버스에서 내린 해동이가 커다란 붉은 꽃이 그려진 옷을 입은 여자와 함께 마을로 들어온다 웃음이 가득한 얼굴이다 필리핀에서 왔던 여자가 아이 둘을 데리고 떠난 지도 5년이 흘렀던가 7년이 지났던가

채팅으로 누군가를 만났다는 소문이야 들은 바가 있긴 있었다

내 마누래요

고개만 까딱하고 지나치던 놈이 미소까지 흘리며 먼저 손을 척 들어 인사를 하니 나도 그냥 지나치긴 뭣하여 엉거주춤 서서 답례인 듯 말을 건넸다

뭔 맛있는 것들을 이삼일이 멀다 하고 사들인댜?

예에 흐흥 흥

해동인 답도 답 같지 않게 하면서 내 앞을 지나간다

그런데 이 무슨 향이다냐? 해동이의 오른손에 들린 풍만한 비닐봉투 안에서 번져 나오는 냄새가 아니다 한 쌍의 남녀가 만든 꽃향기다

아야 아야, 꽃향기에 코가 꿰어 발을 멈추고 몸을 돌려세우는 나를 누가 좀 때려다오

유승도 _ 1995년 《문예중앙》 등단. 시집으로 〈작은 침묵들을 위하여〉 외 5권. 산문집으로 〈고향은 있다〉 외 3권이 있음.

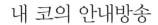

유
영
화

내 코의 안내방송

코끝이 찡!
구두닦이 아저씨 평생 모은 돈
가난한 이웃에게 기부했대요.

코가 벌름벌름~
오늘은 내 생일,
온 가족이 선물을 주었지요.

콧물이 조올졸~
머리도 아프고 기침도 나네요
감기에 걸렸나 봐요.

훌쩍훌쩍 콧물이 쭈루룩~
슬픈 일이 있어요.
눈물이 흐르자 코도 같이 슬퍼하네요.

감동도 기쁨도
아픔과 슬픔까지
내 코가 먼저 알려줍니다.

유영화 _ 2018년 《시와소금》 등단. 현 강원도 화천군 사내초등학교 교장.

코

중국 우한발 신종 코로나 바이러스가 쳐들어오자 갑자기
코가 중重해졌다

모두들 마스크로 코를 감싸고 다닌다

코를 만지려면 손을 깨끗이 씻고 만지라 한다

그러다 보니 잊고 살던 코가 어느 날 갑자기 꽉 막히면 냄새
도 못 맡고 끝내는 세상과 하직하는 수도 있겠다

그렇게 소중한 코

마스크로 잘 싸서 모시고 다녀야 한다는 것을

중국 우한발 신종 코로나 바이러스가 겁나게 가르쳐줬다

유
자
효

유자효 _ 1968년 신아일보(시), 불교신문(시조)으로 작품 활동 시작. 시집소개서 〈잠들지 못한 밤에 시를 읽었습니다〉, 한국대표서정시100인선 〈세한도〉, 번역서 〈이사도라 나의 예술 나의 사랑〉 출간. 공초문학상 수상. (사)구상선생기념사업회 회장.

유
현
숙

미황사에서

바람의 방향을 따라 바다는 꿈틀거리는 강철판이다.
구름층은 그 위로 두꺼운 그늘을 드리웠다. 어떤 종주먹도
뚫지 못할…
토말土末의 바다가 그랬다.

섬으로 가는 막배 놓치고 찾아 든 절집에는 어스름이 내리고
대륜의 산허리를 휘감고 타 내려온 수직 암봉이 부처다.
손 뻗으면 집혀질 듯 한 당신 닮으면 내가 반가사유상 될까.
더, 발 내딛을 곳 없는 남쪽 끝 응진당 주련에는
안청비관이능어眼聽鼻觀耳能語, 옷자락을 여민다.

산죽을 밟으며 부도로 걸어 들어간
그의 등 뒤가 비었다.
그가 부려놓은 한 수유의 적막에 물드는 동안
뒷등 무너진 기단에 허튼층 쌓으며 이 계절은 어디쯤 도착
한 것인지.

너덜길을 걸어 내려온 바람이 부처의 적막한 콧잔등에 머문다.
내 기도는 어느 세월 저 콧날 위에 앉는 날 있을까.
눈으로 듣고 코로 보고 귀로 말하라는
가고 없는 노승의 싯귀를 들고
저녁 동백목림을 걸으며 늙은 소의 울음소리를 본다.

유현숙 _ 2001년 동양일보와 2003년 《문학 · 선》 등단. 시집으로 〈서해와 동침하다〉 〈외치의 혀〉가 있
음. 한국문화예술위원회 창작기금 수혜. 미네르바 작품상 수상.

콧대

그는 지금까지 콧대 하나로 살았다.
다 쓰러져가는 집을 나서면서도
검은 정장에 넥타이는 늘 잊지 않았다.
구두 콧날을 반짝반짝 세우고
걷는 그의 걸음걸이는 늘 보무도 당당했다.
우뚝 먼 하늘가를 향한
그의 콧날과 함께
그는 오늘도 세상의 어지러운 틈 버리고
대로의 당당함만을 걷고 또 걸었다.
그러나 그의 콧대, 누구도 아랑곳 하지 않았다.
세상은 모두 제 잘난 맛에
저마다 콧대 세우기에 급급했기 때문이다.
그리하여 곳곳에 난립한 콧대, 콧대로
이제 어엿한 콧대 하나 제대로 세울
틈조차도 찾을 수 없는,
그런 세상 속, 우리는 어쩌지 못하는 콧대만을 세운 채
다만 떠돌고, 떠돌 뿐이다.

윤석산
尹錫山

윤석산(尹錫山) _ 1974년 경향신문 신춘문예 시 등단. 시집으로 〈바다속의 램프〉 〈온달의 꿈〉 〈처용의 노래〉 〈용담 가는 길〉 〈밥 나이, 잠 나이〉 〈나는 지금 운전 중〉 〈절개지〉 외. 저서로 〈용담유사 연구〉 〈동학 사상과 한국문학〉 〈동학 · 천도교의 어제와 오늘〉 〈주해 동학경전〉 외 다수. 한국시문학상 본상. 편운문학 상 본상. 펜문학상 본상 수상. 천도교 서울교구장. 한국시인협회장 역임. 현재 천도교 중앙총부교서편찬위 원장. 한양대 명예교수.

냄새는 코의 탓이 아닙니다

윤
용
선

살다 보면
예서제서 이런저런 냄새가
끊임없이 코를 찌르게 마련입니다
그 냄새가 아무리 역하더라도
정말 참기 힘들더라도
그건 코의 탓이 아닙니다
그때마다 코를 틀어막고
얼굴 잔뜩 찡그리는 것까지는
어찌어찌 이해한다고 해도
아무 죄 없는 코에게
무지막지 들이대기부터 하는 것은
결코 코에 대한 예의가 아닙니다
그렇잖아도 시끄러운 세상
더 시끄럽게 할 뿐
사태가 해결되는 것도 아닙니다
그러니 애꿎은 코 탓하려 들지 말고
오직 한가지로 냄새의 근원을 찾아
잘 다스리고 볼 일입니다

윤용선 _ 강원 춘천 출생. 강원일보 신춘문예와 월간 《심상》 신인상으로 등단. 시집 〈가을 박물관에 갇히다〉 〈꼭 한 번은 겨자씨를 만나야 할 것 같다〉 〈딱딱해지는 살〉과 인물시집 〈사람이 그리울 때가 있다〉가 있음. 산문집 〈조용한 그림(공저)〉 등. 춘천 작은도서관운동 공동대표, 강원국제비엔날레 이사, 문화커뮤니티 〈금토〉 이사장 역임. 현재 심상시인회, 수향시낭송회원, 강원문인협회 자문위원, 계간 《시와소금》 편집자문위원, 춘천문화원장.

향기

소금시
코

이
강
하

당신 몸에는 일곱 날이 살아요
어떤 날은 기쁨이, 어떤 날은 슬픔이

물로부터 분리될 수 없는
오로지 숨 쉬는 순간부터 바람이에요
누군가가 당신을 매만질 때
벌름거리는 구멍은 헤아릴 수 없어요

신비한 세계가 훨훨 날아다니죠
사방으로 공중으로 스치는 지점이 늘어나요
스치는 이가 많을수록 추억은 무성해져요

그러나 분명한 것은
인간의 과욕으로부터 자유롭지 못해요
향기롭게 살기에는 장애물이 많은 나라

오늘도 나는 유칼립투스를 만지고 있어요
산불로 죽은 코알라를 슬퍼하며 물을 주고 있어요

향기가 자꾸 코를 찔러요
코알라가 살고 있나 봐요
내 콧구멍 속에

이강하 _ 2010년 《시와세계》 등단. 시집으로 〈화몽(花夢)〉 〈붉은 첼로〉가 있음.

이
경
(이
숙
자
)

엄마의 베개

엄마 없는 날
잠이
안 왔다.

엄마의 베개에
얼굴을
묻었다.

코끝으로 번지는
엄마 냄새

엄마 품에 안겨서
스르륵
잠이 들었다.

이 경(본명 이숙자) _ 2018년 《시와소금》 신인상 동시 당선으로 등단. 강원교원문학상 동시 당선. 현재 춘천 봄내초등학교 교장.

코가 막히다

쥐도 새도 모르게 떠다니는 바이러스
거리를 휘어잡고 있다
한 번도 감금당해 보지 않은 폐소공포증 환자들
안전지대를 찾아 고립무원으로 간다

귀로 흘러든 뉴스가 지분을 요구하며 불안을 부추기고
코와 입은 마스크로 봉합되었다
이 골목 저 골목 소독약처럼 비는 내리고
무한대로 가불되는 걱정이 공포로 자란다

신종코로나19에 점령된 나라
코가 막히고 기가 막힌다

봄이 막힌다

이
경
옥

이경옥 _ 2020년 《시와소금》 신인상 등단.

숨 노래

이
귀
영

오, 대기大氣여 바람이 밀려오고 꽃이 열리는 건 권력이 아니
라오
　들숨 날숨 기압의 차이로
　사계四季가 흐르는 깊은 허공에 빠지지 않겠는가

　입맞춤보다 진한 숨 나누기를 하며
　눈 감으면 밀려오는 둥근 허밍이 번지는
　공간의 밀정으로 동맹을 맺은 우리

　대기의 향기를 맛보아 알겠는가
　당신의 숭고한 음의 빛깔들 머금고

　삶의 한순간 사랑에 취하여 콧노래가 출렁임은
　세상으로 하나가 되려는 것이라오

　너에게 나에게 그 이상의 의미로 공존에 빠지는
　무형의 한 덩어리가 되려는 것이라오

　이 거룩한 호흡으로 인류人類의 노래를 노래하지 않겠는가

이귀영 _ 1998년 《현대시》 등단. 시집으로 〈달리의 눈물〉 〈그린마일〉 〈[우리가 퇴장하면] 강남이 강남일
까〉가 있음. 현대시 시인상 수상.

감국 향기

기우는 꽃빛 받아 가실하는 바람 속에

오래 참은 약속처럼 잘 익은 가을 산에

뜨겁게 묻어둔 말이 등성이에 환하다

잡힐 듯 내달리는 저만치 시간을 따라

열일곱 혹은 열여덟, 볼이 붉던 그 시절에

한 번쯤 맡았음 직한 그 내음이 묻어난다

계절을 건너와서 깃을 치는 단풍처럼

내 허물도 벗어놓고 들국화에 들어볼까

달큼한 속살의 향내가 다시 나를 달군다

이
남
순

이남순 _ 경남 함안 출생 2008년 경남신문 신춘문예 등단. 시조집으로 〈민들레 편지〉 〈그곳에 다녀왔다〉가 있음. 이영도시조문학상 신인상, 박종화문학상, 여성시조문학상 수상.

이

명

코를 키우다

도다리는 없고 게만 잔뜩 걸린다는 최 선장,
그물코를 넓히고 있다

우수 무렵
사막 냄새인가 했더니 매화나무에 불붙었다

고기 한 마리 구할 수 없으니
불이라도 보낼 수밖에

한 그물 가득 보내오니 이 불로 그대 어둠 끄소서
밤새워 꺼지지 않거든 내 향기인가 하소서

이 명 _ 2011년 불교신문 신춘문예 당선. 시집으로 〈분천동 본가입납〉 〈앵무새 학당〉 〈벌레문법〉 〈벽암
과 놀다〉 〈텃골에 와서〉가 있음. e-book 〈초병에게〉와 시선집 〈박호순미장원〉이 있음. 목포문학상 수상.

속내 — 얼결에 주운 코를 위한 말모이

이
명
옥

그러니까
목숨의 버팀목이지
숨이 들고나는 통로잖아

한때는 곧은 콧날이 자존심이기도 했어
이목구비의 중심을 잡아주는 너를 보면
슬멋 훔쳐보게도 되고
괜스레 주눅 들기도 했거든

그런데 말이야
지독한 몸살을 앓고 나서야
제 숨을 쉴 수 있고
냄새든 낌새든 헤아려 반응할 수 있음이
축복임을 알았지

이제, 이만큼 살다 보니
그저, 제 몫 다하는 지체가 고마울 뿐...

나는 오늘도 네가 있어
꽃 향에, 풀 향에 물들 수 있어
참 좋아

이명옥 _ 2016년 《대한문학세계》 등단. 시집으로 〈청회색 비낀 해질녘〉이 있음. 국제PEN한국본부, 한국
가톨릭문인회, 한국문인협회 회원.

이미순

코

아무도 모르게
슬픔이 제일 먼저 왔다 가는 곳

슬퍼도 울지 않는 곳

찡하게 저며 오는 설움
속으로 가만히 삭히는 곳

이승과 저승
가운데 계신 부처님 같은 곳

나를 살아 있게 해 주는 곳
고마운 그곳

이미순 _ 2002년 《시와비평》 신인상 등단. 시집으로 〈그대 나무가 되고 싶다 하셨나요〉가 있음. 춘천문학상. 강원유공문화예술인상 수상. 현 강원문인협회 이사

코

이
병
달

옥수수 미끼에 코 꿰었던 여자, 아내의 오똑한 콧날
내 말코에 비해 드높은 콧대는-
코흘리개 시절 읍내 면장님 댁 거실에서 놓인
코끼리 엄니 조각품이나 본차이나처럼 소름 돋게
우아한데다 후각 또한 오졌다
난 그때 〈눈먼 제로니모*〉던가? 적어도 약혼식까지는
〈누굴 위해 종은 울리나?〉 키스신은 늘
내 일기장 첫 페이지를 호기롭게 장식했다
이제야 세상을 좀 알 듯하다
남의 코 함부로 꿴 자, 반드시 제대로 코가 꿰여
황태든 먹태든 하루아침 해장거리나
한생 노예로 살게 된다는 것을
〈코로나 19 바이러스〉의 '코' 자만 보고 들어도
가슴 쓸어내리는 요즘, 다들 '내 코가 석 자라'
코빼기도 보이지 않는 것이 예의가 된
고얀 놈의 치세治世다

* 눈먼 제로니모 : 제로니모(예로니모)는 카톨릭 성인 이름인데 필자의 천주교 세례명으로 아르투어 수니
출러(1862~1931, 오스트리아)의 소설 제목 〈눈먼 제로니모와 그 형〉에서 따옴.

이병달 _ 1954년 경북 김천 출생. 2012년 《시와산문》 등단. 시집으로 〈별바라기〉와 시 산문집으로 〈별의별 이야기〉 등이 있음. 한국시인협회 회원. 아트-포엠(Art-Poem) 대표.

시와소금
정기구독 · 후원회원 안내

《시와소금》은 독자와 함께 호흡하는 시 전문지입니다.
《시와소금》은 시를 사랑하는 분들이 함께 읽는 시지입니다.
《시와소금》은 모든 분들의 의견을 겸허히 받아들이겠습니다.

정기구독	1년 60,000원, 2년 120,000원, 3년 180,000원
	본지가 주관하는 모든 행사에 주빈으로 모십니다.
	구독기간 중 책값이 올라도 추가부담을 드리지 않습니다.
	국내 운송료는 본지가 부담합니다.
	본지가 발행하는 모든 도서를 30% 할인해 드립니다.
후원회비	150,000 (1구좌), 300,000 (2구좌)
정기구독 및 **후원금 접수방법**	아래 계좌로 입금 후, 전화 주시거나 이메일로 연락주시면 됩니다. 국민은행	231401-04-145670 (임세한)
기타 안내말씀	입금 후, 이메일이나 전화로 주소 및 성명을 알려주시기 바랍니다. 구독기간중 주소가 바뀌신 분은 담당자에게 연락주시기 바랍니다. _ 정기구독담당자	033-251-1195, 010-5211-1195 _ 이메일주소	sisogum@hanmail.net

• 발행 | 강원도 춘천시 충혼길 20번길 4, 시와소금 (우편번호 24436)
• 편집 | 서울시 중구 퇴계로50길 43-7 (우 04618)
• ☎(033)251-1195, 010-5211-1195 / sisogum@hanmail.net

ㅎ-2

이사라 __ 콧물

이사철 __ 법화

이서빈 __ 스핑크스의 절규

이 섬 __ 코가 먼저 호강한다

이성웅 __ 코방아

이승용 __ 냄새의 힘

이승은 __ 코랑코랑

이승하 __ 코가 없다

이여원 __ 소나기

이영춘 __ 할머니의 콧노래

이원오 __ 기어코 한사코 정녕코

이은겸 __ 아버지

이은봉 __ 코, 쑥 빠트린 날

이은주 __ 냄새의 행패

이정란 __ 극점

이정록 __ 코를 가져갔다

이종완 __ 코 무덤

이태수 __ 코 없는 돌부처

이화주 __ 코가 잠들면

임동윤 __ 어머니의 방

임문혁 __ 아담의 코

임양호 __ 경자년의 봄

임연태 __ 허수아비에게

임영석 __ 주목나무 방석 코

임지나 __ 희귀한 연애

이
사
라

콧물

당신과 살면서

마음이 아플 때 눈물을 흘리고 살았고
몸이 아플 때 콧물을 흘리고 살았다

나는 평생 소원했지만
편안한 호흡으로 살고 싶었지만

코가 막히고 콧물이 나고 나는 드러눕고
그렇게 잠 아닌 잠을 자는 무의식 중에도

눈도 닫고 입도 닫고 귀도 닫아도 되지만
콧물 그득한 코는 홀로 밤을 지새지

삶의 통풍구

내가 죽으면 당신은 내 코에 가만히 손을 대어보겠지
당신과 나는 부부이니까

이사라 _ 1981년 《문학사상》 등단. 시집으로 〈히브리인의 마을 앞에서〉 〈미학적 슬픔〉 〈숲속에서 묻는다〉 〈시간이 지나간 시간〉 〈가족박물관〉 〈훗날 훗사람〉 〈저녁이 쉽게 오는 사람에게〉 등이 있음. 대한민국문학상, 한국시인협회상 수상. 현 서울과학기술대학교 명예교수

법화

법당에서 코 고는 소리 들려
문구녕 들여다보는데
부처님은 바닥에 누워 잠들어계시고
연화대에 오른 동자승이
네 이놈, 하고 꾸짖을 때마다
놀란 부처님은
저승문을 두드리고 있습디다요

이
사
철

이사철 _ 강원 삼척 출생 2015년 《시와소금》 작품 발표로 등단. 시집으로 〈어디꽃피고새우는날만있으랴〉 〈눈의 저쪽〉 〈멜랑코리사피엔스〉 〈청킹맨션〉이 있음. 강원문화재단 창작지원금 2회 수혜

이
서
빈

스핑크스의 절규

코
아, 내 코
화르르, 냄새 날아내리고 날이 잠긴다

스미지 못하고 떨어진 냄새 조각들
바람이 사르사르 쓸쓸 쓸어낸다
발자국 하나 남기지 않고 쓸어내는 터널보다 더 긴 외로움

황량한, 그 어디서 그 어느
암내 풀풀한 치맛자락에
코 박고 빠져있을 코를 찾아 헤매는 냄새

정영코 단연코 코 찾아 떠돌던 수천 년
빈손 안부에 비틀, 우주가 휜다

바람 창자 끊어지도록 냄새 흔들고
허름한 비 냄새 적시는데
사람들조차 왜 자꾸 왁자한 소리 지껄이며
할미꽃보다 외로운 눈길 내게 뿌려대고 있나
부르면 꼬리치는 개 콧구멍만도 못한 슬픔이 조등처럼 흔들린다

파문으로 날아다니는 내 코는
가출일까 출가일까

이서빈 _ 2014년 동아일보 신춘문예 등단. 시집 〈달의 이동 경로〉 외. 국제펜클럽 회원. 현재 《모던포엠》
《현대시문학》 편집위원.

코가 먼저 호강한다

뜨거운 물을 부으면 구수한 향기 풍기며 가라앉는
흑메밀차
향기는 위로 올라가고
흑메밀 알갱이는 아래로 내려앉는다
코가 먼저 알아서 향기의 자리 잡아낸다
신장에 좋다고 어렵게 구해왔다는 흑갈색 씨앗들
코가 짚어낸 튀지 않는 고집스러움의 향이 은은하다
비바람에 부대끼면서도
소금알갱이 같은 꽃숭어리 실하게 피웠다고
뜨거운 가마솥에서 볶이고 덖이면서
메밀꽃 꽃방에서 무용담이 한창인데
버릴 것은 버리고 거둘 것은 거두었으니
몸속 노폐물을 씻어내라고,
뼛속 살속 흔들리는 마음도 잡아주라고
내안에서 초록빛 물결로 출렁이며 이랑을 만드는
메밀밭,
코가 먼저 호강을 한다

이 섬 _ 1995년 국민일보(2천만 원 공모 시 당선) 등단. 시집으로 〈향기나는 소리〉 외 6권. 수필집으로 〈
보통사람들의 진수성찬〉 외 1권. 김장생문학상 대상. 한국시문학상 수상.

이
성
웅

코방아

그들에게 길이란 모험이고 상처다
요철로 읽는 길은 온갖 음모가 도사리고 있다, 둘은
같은 보폭을 가진 하나여서 얼마나 많은 도미노를 건드렸을까
탁탁 촉각을 곤두세운 남자의 하얀 안테나
가장 낮은 음절의 함정을 잡아내고 있지만
가끔의 오류가 아득한 낭떠러지로 내몰곤 한다
그 옆 딱정벌레같이 붙어 말이 없는 아내, 접착제처럼
떨어지는 일이 없다 사월의 해거름은 길쭉한 두 그림자를 끌고
호수공원 벚꽃 터널 쪽으로 방향을 틀었다 한 방울의 시각도
흐르지 못한 풍경이 그들의 둑 안으로 흘러 호수가 되었다면
오리 떼의 수신호도 접수하여 고이고 닫힌 것끼리
교신하고 있을 것이다 화사한 벚꽃길이 함정이었다
꽈당, 안테나 착신이 서툴렀는지
두 그림자 동시에 바닥에 고꾸라졌다 인도와 꽃길의 틈새다
4월의 하늘은 청맹과니였고 길바닥은 코방아로
선홍빛에 난처하다, 봄 햇살도 받아내기 난감한 찰나다
두 그림자를 일으키는 해거름, 착신 재가동을 작동하였는지
잠시 풀렸던 결합이 다시 복원되고
길쭉한 그림자를 다시 벚꽃 터널 쪽으로 방향을 잡았다
청맹한 눈에 비친 벚꽃 길, 그들에겐 어떤 풍경일까

이성웅 _ 2006년 《울산문학》 등단. 시집 〈엘 콘도르 파사〉 〈클래식 25시〉가 있음.

냄새의 힘

이
승
용

경계가 없는 냄새는 막힘이 없다
쓰러질 일이 없어 어디든 가능하다
오직, 바람과 하나 되어 날아가 앉는 일
좋은 꽃의 향기는
멀리서도 친구가 날아오듯
특별한 힘으로 당기고 미는 힘이 있다
아궁이 위 밥 냄새가 그랬고
아름다운 사람이 그랬다
아득했던 숲의 향기와
구수한 숭늉이 그랬다
말하지 않아도 알 수 있는
바람의 온도에도 냄새의 주인이 있어
오래 있어도 싫지 않고
멀리 있어도 자꾸 그리워지는
콧바람 같은
냄새는 그의 색이다

이승용 _ 1990년 《시문학》 등단. 시집으로 《춤추는 색연필》 등이 있음.

이
승
은

코랑코랑

내 코고는 소리 듣고 화들짝, 잠이 깼다

그렇게 채웠는데 아직 빈 곳 있나보다

차라리 덜어내야지 잠잠하게 푹 자게

이승은 _ 1958년 서울 출생. 1979년 문공부.kbs주최 전국민족시대회로 등단. 시집으로 〈어머니, 尹庭蘭〉 〈얼음동백〉 〈넬라 판타지아〉 〈환한 적막〉 외 5권. 100인 시선집으로 〈술패랭이꽃〉 이 있음. 백수문학상, 고산문학대상 등 수상.

코가 없다

이
승
하

엎어지면 코 베어가는 세상
코 없는 얼굴이 날 빤히 쳐다본다
아침 신문에서 만난 코 달아난 얼굴
그대 후유— 안도의 한숨 내쉴 수 없으리
쿵쿵 냄새를 맡을 수 없으리
코가 간지럽지 않으니 재치기할 수 없으리
감기 걸려도 콧물 흘릴 일 없는
코 아픈 아프간의 여인*이여

교토에 가면 귀무덤**이 있다
12만 6000명의 코가 그 무덤에 있다는데
그 많은 사람의 사지 육신은 조선반도에서 다 썩었는데
소금에 절여져 현해탄을 넘은 코는
400년이 지났는데 썩지 않았을까
개수에 따라 매겨진 전공

그 무덤 파보면
코뼈가 소복이 차곡차곡 쌓여 있는가

나 오늘 코에서 단내가 나도록 계단 오르내렸다
코끝도 안 보이는 그를 코가 빠지도록 기다렸다
코가 납작하게 만들고 싶었지만 내 코가 석 자
코가 비뚤어지도록 횟술을 마시고
드르릉드르릉 코를 골며 잠잔다
코기토 에르고 숨(Cōgitō ergo sum)!
코 없이 살아가라는 세상
나는 의심한다 고로 나는 존재한다

* 남편의 학대를 못 이겨 달아났다가 붙잡혀 코와 귀를 절단하는 벌을 받은 아프가니스탄의 10대 여인 비비 아이샤. 미국 캘리포니아주 그로스먼 재단 병원에서 인조 코 성형수술을 받아 코가 있는 얼굴로 살아가게 되었다.

**이총(耳塚)은 사실 비총(鼻塚)이다. 에도시대 말기 유학자인 하야시 라잔이 코무덤이 잔인하다면서 귀무덤으로 바꿔 부르자고 했다. 도요토미 히데요시의 명을 받은 왜군이 임진왜란과 정유재란 당시 조선인 12만 6000여명의 코를 전리품으로 베어와 만든 무덤이 교토에 가면 있다. 왜군은 전과를 보고하기 위해 조선인의 목을 베어 본국에 보냈지만 그 수가 늘어나자 코를 잘라 소금에 절여 도요토미에게 보냈다.

이승하 _ 1984년 중앙일보 신춘문예로 등단. 시집으로 〈아픔이 너를 꽃피웠다〉 〈생애를 낭송하다〉 〈예수 · 폭력〉 등. 평전으로 〈마지막 선비 최익현〉 〈최초의 신부 김대건〉 〈청춘의 별 윤동주〉 등이 있음. 현재 중앙대학교 문예창작학과 교수.

소나기

모든 연필은 늘 칼과 만난다
사각사각 골고루 한 꺼풀을 벗겨내자 뾰족한 산이 보인다
기다랗게 더 기다랗게 손동작 따라 드러난 촉
가느다란 심지가 스틸레토 힐처럼 아슬아슬하다
척추처럼 곧아 있던 뼈가 부러지고 몇 년을 깎고서야
연필심은 이어진다 후-바람을 분다 미세하게 검은
뼛가루가 날린다 구름의 어깨와 허리가 뿌옇게 흐려진다
연필과 함께 구름도 조금씩 깎여 나간 것
소나기가 묻은 어둠이 4B연필 필법으로 몰려온다
구름이 지워지는 순간 초여름의 빗줄기는 그 지워진
구름의 흔적으로 내린다 저녁의 빛깔이 몰려오는 순간
소묘가 시작되고 손끝에 연결된 소실점에서
숨어 있던 풍경들이 걸어 나온다
측면좌상구도의 희미한 얼굴 서늘한 콧날 아래
두 호흡 점 눈동자는 오래 깜빡인 횟수로 그려지고
엉성한 머릿결이 일어나더니 빗소리로 몰려온다
끝이 닳아 뭉툭해졌을 때쯤 물방울들이 스치듯 지나간다
뾰족한 연필심처럼 돋아나는 새순들
흑백의 여백 사이에서 흔들리는 연필심
쏴아아 한차례 큰 소나기가 쏟아지기 시작한다

이여원 _ 2012년 매일신문 신춘문예 등단. 시집으로 〈빨강〉이 있음. 시흥문학상 대상. 2018년 아르코문
학상 수상.

이
영
춘

할머니의 콧노래

열다섯 살 때,
난생처음 객지라는 곳에 공부하러 나갔던 나
한 달에 한 번 꼴로 집에 다니러 갔다가 떠나올 때면
내 할머니는 노루목고개까지 따라오면서
흥얼흥얼 알 수 없는 콧노래를 불렀네

내가 결혼하여 자식을 낳고 그 자식을
다시 객지에 보내놓고서야 그 노래가
할머니의 속살 떼어 떠나보내는
'속울음'이란 것을 알았네

이영춘 _ 1976년 《월간문학》 등단. 시집으로 〈봉평장날〉 〈노자의 무덤을 가다〉 〈따뜻한 편지〉 외 다수.
번역시집 〈해, 저 붉은 얼굴〉과 시선집으로 〈들풀〉 〈오줌발, 별꽃무늬〉 등이 있음. 인산문학상, 고산문학대
상, 유심작품상특별상, 천상병귀천문학 대상 등 수상.

기어코 한사코 정녕코

이
원
오

조문할 수 없는 시절이어서
문상객은 사라지고
젊은 언어들이 자라나고 있다

혀를 마취하는 것이 소멸이고
숨을 들이마시는 것이 생명이라면

시인의 글은
울음을 참아내는 곡(哭)
자존심이 서려 있는 코(鼻)

퇴로를 차단했던 이들이 즐겨 썼던
기어코
한사코
정녕코

이원오 _ 2014년 《시와소금》 등단. 시집으로 〈시간의 유배〉가 있음. 현재 한국작가회의 회원. 용인문학
회 부회장 겸 《용인문학》 편집장.

이
은
겸

아버지

철거현장에서 일하다
한 달 만에
아버지가 오신 날에는
들썩인다, 우리 집
드르렁드르렁
아버지 코 고는 소리로

현관 열고 들어서는 누나도
또각, 하이힐 조용히 벗고
달가다악,
부엌에서 밥 짓는 엄마도
가만가만 조심한데

회색 먼지 벗어낸
드르렁드르렁 푸우
마음 놓은 숨소리가
비었던 아버지 자리를 채운다
비로소 내 마음도 턱 놓인다

이은겸(본명 이수경) _ 2009년 조선일보 동시 등단. 동시집으로 〈우리 사이는〉 〈억울하겠다 멍순이〉 〈갑자기 철든 날〉 〈눈치 없는 방귀〉 〈그래서 식구〉 〈나도 어른이 될까?〉 등. 황금펜아동문학상, 눈높이아동문학상, 한국안데르센문학상, 한국불교아동문학상 수상.

코, 쑥 빠트린 날

이
은
봉

오늘도 되는 일 하나 없다
하는 일마다 쑥구렁이다

푹, 숙인 고개
쑥, 빠트린 코
바닥에 떨어져 굴러다닌다

사람들 발길에
함부로 걷어차이는 코
구둣발에 밟히지는 말아야 한다

구둣발에 밟혀
뭉개지면 안 된다

언젠가는 되는 일 있겠지
언젠가는 꽃 필 날 있겠지

되는 일 있으면
바짝, 코 쳐들어야 한다
떡, 고개 젖혀야 한다

쓰윽, 어깨에 힘 넣고
발걸음 당당하게 걸어야 한다.

이은봉 _ 1984년 《창작과비평》 신작시집 『마침내 시인이여』를 통해 등단. 시집으로 〈걸레옷을 입은 구름〉 〈봄바람. 은여우〉 〈생활〉 등. 가톨릭문학상. 송수권문학상 등 수상. 현재, 광주대 명예교수. 대전문학관장.

냄새의 행패

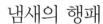

노숙의 쩐내들을 겹겹이 거느리고
모자가 전철 안으로 천천히 밀고 온다

숨 참다
급히 내리는
승객들이 벌겋다

냄새에도 뼈가 있나 주먹처럼 훅 들어온
악취의 고함소리에 귀청 떨어지겠네

행패 속
주춤대다 못 내린
승객들이 퍼렇다

이은주 _ 2014년 《시조시학》 신인상 등단. 시조집으로 〈섭섭한 오후〉가 있음.

극점

쉿!

가장 뾰족할 때야, 바스러지기 쉬운 고깔모자야

잘 내려가

코앞에서 미끄러질라
불안은 쉬이 옮아

안개도 숲도 모두 지쳤다

마스크도 잘 접어 재우렴

이
정
란

이정란 _ 1999년 《심상》 등단. 시집으로 〈눈사람 라라〉 〈이를테면 빗방울〉 등이 있음.

이
정
록

코를 가져갔다

누구나 죽지. 똥오줌 못 가리는 깊은 병에 걸리지. 어미에게 병이 오는 걸 걱정 마라. 개똥 한번 치워본 적 없다고 발 동동 구르지 마라. 지극정성으로 몸과 마음 조아리다보면 감기가 올 게다. 감기가 코를 가져가겠지. 코가 막혀 냄새만 맡을 수 없다면, 넌 내 사타구니에서 호박꽃이나 고구마 밭을 꺼내어 신문지에 둘둘 감쌀 수도 있을 게다.

나 때문에 독감에 걸렸구나. 삼우제 지나면 씻은 듯이 나을 게다. 잠시 달아났던 코는 새것이 되어 황토 무덤 앞에서 킁킁 대겠지. 네 콧구멍에서 새봄이 시작될 거다. 그게 회춘이란다. 가족이란 언제든지 코를 주고받는 사이지. 새끼가 여럿이다보니 어미 코는 누가 베어간 것 같구나. 먼 훗날 너도 이렇게 말하렴. 잠시 코를 가져갔다가 돌려주겠노라고. 곧 봄이 돌아올 거라고.

이정록 _ 1964년 충남 홍성 출생 1993년 동아일보 신춘문예 시 당선 시집으로 〈동심언어사전〉 〈눈에 넣어도 아프지 않은 것들의 목록〉 외 다수. 박재삼문학상 윤동주문학대상 김달진문학상 김수영문학상 수상.

코 무덤

눈 감으면 코 베어 간다, 는 옛말은
슬프고도 아프지만 지금도 현재 진행형
임진왜란 때 십이만 명의 목숨을 빼앗고
코를 베어다 불쌍하다고 히데요시가 교토에 만든 무덤
그때 코를 절여갔던 새하얀 소금들
모두 녹아들어 일본 땅에서 다시 물이 되었으리
뿌옇게 흐릿해진 황혼의 노을빛 아래
끝끝내 놓아주지 않는 죽음들
떠난 자들의 혼령이 아직도 서성이는 땅
무거워진 바다의 꿈들은 점점 더 깊어지고
시간의 두께에 덮인 망상의 시간 벗지 못하고
대물림 되는 군국주의 망령에 둘러싸인 내각
역사를 왜곡한 민족의 최후는 스스로 불행해지는 것
경제로 다시 대한민국을 옥죄는 그들의 망상을 깨고
이겨내는 것은 우리가 함께 대동단결하여
하나의 목소리로 새 세상을 열어가는 것이라는 교훈

이
종
완

이종완 _ 2009년 《한국문인》 시 등단. 2005년 《스토리문학》(동시), 2004년 《생활문학》(시조), 2005년 《한맥문학》(시조) 등단. 2017년 《아동문학세상》 동시 당선. 생활문학 작품상, KBS창작동요제 최우수 작사상 수상.

코 없는 돌부처

이
태
수

돌부처의 코가 없어졌다
누가 베어 간 것일까

애를 못 낳아 구박받는
여인의 소행일까

입가의 미소로 보아 그럴 것도 같고
눈을 들어 멀리 바라보고 있으니
어떤 망나니의 못된 짓일 듯도 하다

하지만 좌우지간
침묵할 수밖에 없을 터

결가부좌로 정토행
묵언수행 중일 것 같다

이태수 _ 1974년 《현대문학》 등단. 시집으로 〈내가 나에게〉 〈거울이 나를 본다〉 〈따뜻한 적막〉 〈침묵의 결〉 〈침묵의 푸른 이랑〉 〈회화나무 그늘〉 〈이슬방울 또는 얼음꽃〉 등 15권. 시선집으로 〈먼 불빛〉과 육필 시집으로 〈유등 연지〉가 있음. 시론집 〈대구 현대시의 지형도〉 〈여성시의 표정〉 〈성찰과 동경〉 〈응시와 관조〉 등이 있음.

코가 잠들면

두 눈이
스르르 감겼어요.
두 귀도 따라서
소르르 닫쳤어요.

눈과 귀가 말했어요. "코야, 너도 이제 자렴."

코는 그냥 웃었어요.
'내가 잠들면…?'

이
화
주

이화주 _ 1982년 강원일보 신춘문예와 《아동문학평론》으로 문단에 나옴. 동시집으로 〈내 별 잘 있나요〉
외 다수. 한국아동문학상, 윤석중 문학상 등 수상. 현 초등학교 국어 교과서에 동시 「풀밭을 걸을 땐」이 실
려 있음.

어머니의 방

임
동
윤

문 열고 환기를 해도
당신 냄새는 가시지 않고 있다

마냥 고요 속을 떠도는 냄새
햇살은 방안을 적시다가도 저녁 무렵이면
조그만 문틈으로 잘도 빠져나간다

당신 체온이 사라진 방, 냄새는
고요와 결합하여 더욱 고요해진다
바닥을 적시던 햇살이 벽을 타고 사라져도
냄새는 조금도 흐트러지지 않는다

만지면 금세 한 줌 꽃가루가 될 것 같은,
후, 불면 금세 허공으로 흩어질 것 같은,
그런데도 당신이 뿌려놓은 냄새는
여전히 방안을 스멀스멀 기어 다닌다

이불자락에 돌돌 말렸다가
방 허공을 나지막이 떠돌고 있다

임동윤 _ 1968년 강원일보 신춘문예 등단. 시집으로 〈연어의 말〉〈사람이 그리운 날〉〈편자의 시간〉 등
12권.

아담의 코

임문혁

맨 나중에, 가장 정성스럽게
매만져 오뚝 세웠을 것이다
떨리는 손으로 가만 감싸 쥐고
맨 처음, 뜨거운 입술 대었을 것이다
가장 소중한 생기 불어넣었을 것이다
아직도 남아 있는 입술의 감촉
몸 안에 고이 간직한 더운 입김
혈관을 흐르는 리듬, 부드러운 맥박
들숨 날숨, 면면히 들고 나는 정기
폐와 심장을 뛰게 하는 그 사랑
에테르처럼 감지되는 신비한 냄새들
얼굴 중앙에
우뚝 세운 신의 관문

임문혁 _ 1983년 한국일보 신춘문예 시 등단. 시집으로 〈귀·눈·입·코〉 〈외딴 별에서〉 〈이 땅에 집한 채〉 등이 있음. 한국문인협회, 국제펜한국본부 이사, 한국공무원문인협회 회장.

소금시
ㅋ

임
양
호

경자년의 봄

숨을 코로나 쉬는지
입으로나 쉬는지
마스크 속에서 헐떡이는 봄

벌 그려진 노란 마스크 쓰고 나와
꽃으로나 복수하는
복수초

마스크 대란에
어디로 갔나 했더니
목련이 다 뒤집어쓰고 꽃 마실 나왔네

아무리 코 막고
입막음 속에서도 향기는 새어 나와

거리의 사람들 입에서도
목련꽃 한 송이씩 피어
그나마 봄인가 보다

임양호 _ 2016년 《시와소금》 신인문학상 등단.

허수아비에게

임
연
태

지옥문과 극락의 문을 열어두고
드나드는 바람길을 통제하는 것은
우습게도 허수아비였다

이목구비도 제대로 갖추지 못한 채
외발을 땅에 꽂고
펄럭펄럭 줏대 없이 깃발을 흔들던 너는
히말라야 언덕에 나부끼는 룽다를
본 적도 없으면서 쓸데없이 경건하여
하늘이 허락하지 않은 곳에서
하늘로 올라가는 길을 찾고 있었다

이제 더는 속지도 말고 속이지도 말라

어느 문을 선택해도 다르지 않다
끈적이는 한 생의 끝자락은
깊은 동굴 속에서 빠져나오는 바람에
말라갈 뿐이니

임연태 _ 2004년 《유심》으로 등단. 시집으로 〈청동물고기〉와 기행집으로 〈부도밭 기행〉 〈절집기행〉 〈히말라야 행선 트레킹〉 〈정자에 올라 세상을 굽어보니〉 등이 있음. 유심문학회 회장.

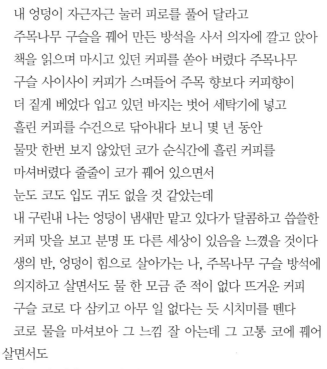

주목나무 방석 코

임
영
석

내 엉덩이 자근자근 눌러 피로를 풀어 달라고
주목나무 구슬을 꿰어 만든 방석을 사서 의자에 깔고 앉아
책을 읽으며 마시고 있던 커피를 쏟아 버렸다 주목나무
구슬 사이사이 커피가 스며들어 주목 향보다 커피향이
더 짙게 베었다 입고 있던 바지는 벗어 세탁기에 넣고
흘린 커피를 수건으로 닦아내다 보니 몇 년 동안
물맛 한번 보지 않았던 코가 순식간에 흘린 커피를
마셔버렸다 줄줄이 코가 꿰어 있으면서
눈도 코도 입도 귀도 없을 것 같았는데
내 구린내 나는 엉덩이 냄새만 맡고 있다가 달콤하고 씁쓸한
커피 맛을 보고 분명 또 다른 세상이 있음을 느꼈을 것이다
생의 반, 엉덩이 힘으로 살아가는 나, 주목나무 구슬 방석에
의지하고 살면서도 물 한 모금 준 적이 없다 뜨거운 커피
구슬 코로 다 삼키고 아무 일 없다는 듯 시치미를 뗀다
코로 물을 마셔보아 그 느낌 잘 아는데 그 고통 코에 꿰어
살면서도
아무 일 없다는 듯 잘 버티어 낸다 물 한 방울만 삼켜도 아
린 코가
수백 개 구슬의 코로 내 엉덩이를 섬기었으니
나, 이제부터 주목나무 방석 코에 종종 참기름이라도 먹여
야겠다

임영석 _ 1961년 충남 금산 출생. 1985년 《현대시조》 등단. 시집 《받아쓰기》 외 5권. 시조집 《꽃불》 외 2
권. 시조선집 《고양이 걸음》과 시론집 《미래를 개척하는 시인들》이 있음. 시조세계문학상, 천상병귀천문
학상 우수상 수상.

희귀한 연애*

임지나

널 보는 눈빛은 삼백 년 동안의 그리움. 사랑하는데 참아야 하는 게 이렇게 많다니 내가 널 위해 준비했던 정신과 언어는 얹어주고 얹어주고 네 흰 눈썹들은 혈관 따라 나슬나슬 움직이지. 무심한 계절을 인내하던 아버지 같기도한 저 나무는 생때를 지켜야한다 살을 갈가리 내어줄 수 없다 대신 서늘함 알싸함 달콤함을 떼어 줄게, 모아놨던 방울, 만나면 흔들어 주려고 엮어놨지 멀리서도 볼 수 있게, 날개 없이 나는 것들은 이미 내가 흡입해 버린 본드, 여러 번 부풀어 본 풍선같이 허무한 눈으로 올려다본다 그래, 나도 안다 한때 심장만을 겨냥해 세찬 비처럼 떨어지고 싶었다는 걸. 아카시, 가시가 있다고 다 위협하진 않는다 늘어진 사람에게 거침없이 사랑의 일갈을 날리는 이 고단하고 집요한 사내들이여, 곳곳에 흰죽은 흘러내리고 코가 녹는 향취에 오늘은 죽는 일이 쉽겠다 각시들 홀리는 저 짐승 같은 나무 때문에

* 아카시 꽃말

임지나 _ 2015년 《시와소금》 동시, 2017년 영주일보 신춘문예 시, 2019년 《시와경계》 시 등단. 동시집으로 〈머그컵 엄마〉가 있음. 한국동시문학회 회원.

■ 소금북 아이들 · 05

김진광 동시집
『하느님, 참 힘드시겠다』

김진광 _ 1980년 『소년』 추천과 매일신문 신춘문예 당선 및 1986년 『현대시학』 추천으로 동시와 시를 쓰기 시작하여, 한국동시문학상, 한정동아동문학상, 어효선아동문학상, 한국아동문학창작상, 이육사문학상, 한국동서문학작품상, BBS방송 주최 찬불동요제 대상(작사부문), 한국동요음악대상(작사부문) 등을 수상했습니다. 지은 책으로는 동시집으로 『김진광동시선집』 외 5권, 시집으로 『시가 쌀이 되던 날』 외 4권, 평론집으로 『한국 현대 동시의 논평과 해설』, 5인 공저로 『감자』 (1~5권) 산문집 2권 등이 있으며, 초등교과서와 중학교 교과서에 동시가 실렸습니다.

　“이 동시집 좋은 동시집이니?”라고 묻는다면, “응, 한 번 읽어 봐! 물음표와 느낌표가 퐁퐁 퐁 솟아나는 동심의 샘물 속에 무한한 상상의 세계가 펼쳐지고, 참신한 발상에 무릎을 탁, 치며 좋아하고, 공감하는, 따뜻한 동시집이야!”라고 말할 수 있는 동시집을 한 권 만들고 싶었어요.
　그래서 몇 년을 다른 일은 다 제쳐두고 밥을 먹듯이 열심히 글을 썼어요. 물론 동시만 쓴 건 아니지만, 동시를 젤 열심히 읽고 열심히 썼지요. 이번에는 앞에서 던진 두 질문을 함께 묶어, “이 동시집 괜찮니?”라는 질문에, “그래, 이번 동시집은 괜찮은 동시집이야!”라고 대답할 수 있는 자신감에 어린이들을 초대할 잔칫상을 차렸어요.

— 김진광, 「시인의 말」에서

소금북
sogeumbook
• 24454 강원도 춘천시 행촌로 11, 109-503 도서출판 소금북 / ☎전화 : 070-7535-5084
• 휴대폰 : 010-9263-5084 / 전자주소 : sogeumbook@hanmail.net

장승진 __ 코가 땅에 닿게

장옥관 __ 고등어가 돌아다닌다

전순복 __ 냄새

전흥규 __ 숨

정경해 __ 코로나19*

정선희 __ 짧은 기억

정 숙 __ 코, 자가 격리 중

정연희 __ 파수견

정이랑 __ 곽앤신이비인후과 ― 치료하는 k에게

정일남 __ 창조주의 신비 ― 코

정종숙 __ 어느 기도

정중화 __ 향기에 대하여

정하해 __ 여래와 여래 사이

조성림 __ 코

조승래 __ 코로 만나다

조연향 __ 코가 사라졌다

조정이 __ 나의 피앙새

조태명 __ 심판관*

주경림 __ 그저 그냥 그렇게

진명희 __ 코의 미학

진순분 __ 쇠똥구리 함성

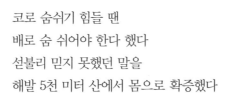

장
승
진

코가 땅에 닿게

코로 숨쉬기 힘들 땐
배로 숨 쉬어야 한다 했다
섣불리 믿지 못했던 말을
해발 5천 미터 산에서 몸으로 확증했다

콧대를 높게 세운 일 있었던가
버킷리스트는 내 등을 떠밀어
킬리만자로 우훌루봉을 오르게 했고
왜 그렇게 높은 곳까지 가야 하는지
계속 따라오는 코맹맹이 질문에 시달렸다

싱그런 초록 그늘 지나면
사막이 기다리고
춥고 숨 가쁜 암벽이 나타난다는 걸
맵게 가르치려 한 것일까
난 코가 땅에 닿게 숙이고 기어가듯
기어가듯 오르며 깨달았다

코는 얼굴의 가장 높은 정상이지만
정상은 땅에 닿기 위한 몸부림 외에
아무것도 아님을.

장승진 _ 1991년 《심상》, 1992년 《시문학》 등단. 시집으로 한계령 정상까지 난 바다를 끌고 갈 수 없다》
〈환한 사람〉 〈빈 교실〉이 있음. 현재 강원문협, 한국문협 회원, 춘천문인협회 회장.

고등어가 돌아다닌다

장옥관

고등어가 공기 속을 유유히 돌아다닌다
부엌에서 굽다가 태운 고등어가
몸을 부풀려
공기의 길을 따라온 집 구석구석을 돌아다닌다
반갑지도 않은데 불쑥 손목부터 잡는
모주꾼 동창처럼
내 코를 만나 달라붙는다 미끌미끌한
미역 줄기 소금기 머금은 물살이 문득 만져진다
고등어가 바다를 데리고 온 것이다
이 공기 속에는
얼마나 많은 죽음이 숨겨져 있는가 화장장
굴뚝에서 뿜어져 나오는
기명과 무기명
고비사막에 섞여 있던 모래와 뼛가루처럼
어딘가에 스며있는 땀내와 정액,
비명과 신음,
내 코는 고등어를 따라
모든 부재를 만난다
죽음이 죽음 속에서 머물고픈 모양이다

장옥관 _ 1987년 《세계의문학》 등단. 시집으로 《황금 연못》 《달과 뱀과 짧은 이야기》 《그 겨울 나는 북
벽에서 살았다》 등. 김달진문학상, 노작문학상 등 수상. 현 계명대 교수.

전
순
복

냄새

부패가 되는 사랑은 냄새가 먼저 알리죠

권태의 쉬파리가 생겨나는 것은
사랑이 생물이라는 것을 잊어버렸기 때문

어느 날 그의 겨드랑이 냄새가 훅 날아올 때
45도 각도 날렵한 콧날이 빈궁貧窮의 과녁으로 변하고
콧수염 때문에 선택한 사랑이
콧수염 때문에 언쟁이 되면 사랑이 부패 되고 있다는 증거죠

백화점에 진열된 향기는 친화적인 첫인상으로 손님을 맞이
하죠
구린내를 없애기 위해 만들어진 향수가 유혹의 페르몬이 되
었으니까요

악취를 밥으로 보상받는 남자의 아내는 후각을 버렸을 거
에요
사랑은 오감이 닮아가는 것이니까요

늙은 개를 끌어안고 입맞춤하는 늙수그레한 그녀
아직 사랑이 싱싱할 것 같아요

전순복 _ 2015년 《시와소금》 등단. 2014년 《에세이문학》 수필 등단.

숨

전
흥
규

문 그림자 스무날쯤 기울어진 밤, 오리목 틈으로 스미는 달
빛에도 아파했다 한 순간씩 늦게 목젖 달래고야 나와서는 잠
흔든다 어디에 한끝 숨겨 보려는지 젊은 몸 새겨보려는지 다
달려 나오지 못하고 끊어지곤 한다 등짝에서 자식 기를 때도,
남의 집 문간으로 사발농사 다닐 때도 잦아지지 않던 것이 이
제 제 몸에 걸려 절뚝이고 있다 부엌 짚더미 위에서 태어난 죄
에 솥김에도 거위침 흘리는 자식 위해 뉘 집 굿이라도 하고 나
면 성황당으로 식은 떡 찌러 갔다 왔지 마른 목메면 젖무덤에
서 푸지게 놀게 했는데, 이제 각질 떨어지는 골 깊은 살결에 눈
시린 빈 빛만 젖어든다 아직도 어디 떠돌고 있는지 기우는 달
빛에 이슬 맺히도록 저 숨 하나 못 업어내고 있다

전흥규 _ 1961년 충남 예산출생으로 《문장21》 등단했다. 서울예술대학교 문예창작과 졸업했으며 시집
으로 〈기다리는 것은 가면서 온다〉가 있음. (사)우리시진흥회 회원. 제10회 고운 최치원문학상 수상.

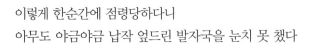

정
경
해

코로나19*

이렇게 한순간에 점령당하다니
아무도 야금야금 납작 엎드린 발자국을 눈치 못 챘다

허물어진 일상이 빙하처럼 둥둥 떠다니며
마음을 들이박고 무너뜨려도 속수무책이다

이 겨울이 가면 봄이 올 거라는 소박한 기대는
불안한 소문에 묻혀 실종되었다

삼월이 되었지만
꽃 냄새를 맡지 못하는 사람들,

불신이 자욱한 거리에서
실어증에 걸려 서로를 경계하며

마스크 한 장 동아줄을 잡기 위해 약국 창에 매달렸다

코를 숨기느라 혈안이다

* 2019년 12월 중국 우한시에서 발생한 바이러스성 호흡기 질환.

정경해 _ 1995년 《인천문단》과 2005년 《문학나무》 등단. 시집 〈가난한 아침〉 〈술항아리〉 〈미추홀 연가〉 〈선로 위 라이브 가수〉 등. 창작동화집 〈미안해 미안해〉 〈동생이 태어났어요〉와 시산문집 〈하고 싶은 그말〉이 있음. 2016년 국민일보 신춘문예 최우수상, 인천문학상, 인성수필문학상 수상. 현재 인천지역 도서관 등에서 문예 창작 강사로 활동 중.

짧은 기억

캠퍼스를 지날 때마다 라일락 향기가 난다
꽃잎에 코를 대고 킁킁거리는 내게
그건 꽃에 대한 예의가 아니에요
바람을 불러와 꽃잎을 건드려 향기를 맡는 거라고 했다
그의 손동작이 나비처럼 우아했다 그 순간 나비 한 마리 내
가슴 위에 앉았다

속눈썹이 촉촉한 그의 눈동자는 꽃잎 같았다
남자 눈이 왜 이리 예뻐요? 방금 울다가 세수하고 나온 눈
빛이었다
모시나비 날개처럼 섬세한 속눈썹을 후후 불어보고 싶었다

슬쩍 손을 잡으면 깜짝 놀라는 모습이 보고 싶어 나는 자꾸
장난을 쳤다
뭔가 바뀐 것 같지 않아요?
돌을 치우면 숨을 곳을 찾는 가재처럼 그가 구석을 찾았다

사귈래요?
여자가 무섭다고 했다 사랑에 실패한 누나는 수녀원으로 가고
그때부터 별이 빛나는 것은 눈물 때문이라고 했다

그 후로 그를 만날 수 없었다
라일락꽃이 필 때만 잠시 생각나는 남자

정선희 _ 2012년 《문학과의식》, 2013년 강원일보 신춘문예 당선 시집으로 〈푸른 빛이 걸어왔다〉가 있
음.

정
숙

코, 자가 격리 중

코로나 19는 마스크로 막을 수 있겠지만 학쟈스민 같은 사
랑의 향기는 문고리 걸고 손발 묶어 가두어도 서로 만날 수밖
에 없으니, 처용의 여자는 오늘도 연밭을 그리며 눈과 귀를 멀
리 날려 보내고 있다

정 숙 _ 1993년 《시와시학》 신인상 등단. 시집으로 〈신처용가〉 〈위기의 꽃〉 〈불의 눈빛〉 〈영상시집〉〈바람다비제〉 〈유배시편〉 〈청매화 그림자에 밟히다〉 외 다수가 있음. 만해님시인상, 대구시인협회상 등 수상.

파수견

여행 계획 중 가장 중요한 것이 개의 수발이다
연령 15 견력 105
치매와 시력까지 상실한 네발의 식구

늙은 개의 코에는 낯선 사람이 몇 명 남지 않았다
살아오는 동안 마을의 냄새들을 다 익혔고 가끔
찾아오는 외지인의 냄새처럼
흰 달과 먹구름과 풀숲의 바람은 여전히 낯설다
늙은 개는 그때야 우렁찬 제 신분을 찾는다
때로는 보름달이 기우는 것을 따라가다가
몇 년 전에 죽은 이웃집 노인을 보고 짖기도 한다

자신의 반경을 알고
귀찮기만 한 귀를 쫑긋거린다
개에게 반경이란 분수를 아는 것
주인이 없는 며칠 동안 익숙한 기다림으로
적막한 집이 된다

냉랭한 후각 속에
아는 얼굴과 발걸음을 넣어두고
한 번도 아는 얼굴을 향해 짖지 않았다

정연희

정연희 _ 2017년 전북일보, 농민신문 신춘문예 당선. 2016년 신석초, 김삿갓 전국 시낭송 대회 금상 수상. 2018년 경기문화재단 문화예술 창작기금 수혜

정
이
랑

곽앤신이비인후과 — 치료하는 k에게

　귀가 아프고 코가 막혀도 그곳으로 가면 치료받을 수 있어요 한밤중 인후통을 앓고 다음 날 아침, 〈행복약국〉에서 당신이 처방해준 약봉지를 받아 퍼즐처럼 짜여있는 보도블럭을 걸어왔어요 우리의 시간들도 저들처럼 빈틈없이 메꾸어 갈 수 있을지를 염려하면서 말예요 한 조각이라도 없어진다면 누군가가 넘어지고 상처입을 것도 생각하면서 조심스럽게 잘 걸어온 것 같아요

　눈물이 나요, 먼 산 바라보면 바람만 불고 있을 뿐인데 사람을 잃은 것처럼 눈물이 흘러요 귀, 코, 목이 아픈 것이 아니라 아무에게도 보여 줄 수 없는 마음속의 출렁이는, 그 무엇 때문에 사람들은 당신을 찾는 것 같아요 대기번호를 받고 앉아 있어요 그 속에 기다리고 있는 나도, 당신이 치료해야 될 아픈 사람이죠 당신이 아프면 내가 치료해 줄 수 있을까요? 당신도 알고 보면 맑은 눈동자를 가진 나의 이웃인 걸요

정이랑 _ 1997년 《문학사상》 등단. 시집으로 〈떡갈나무 잎들이 길을 흔들고〉 〈버스정류소 앉아 기다리고 있는.〉 〈청어〉가 있음.

창조주의 신비 — 코

인간의 얼굴은 이마 밑 눈썹 아래
아름다운 두 개의 호수가 있다
그 아래 형성된 산맥은
절벽에 두 개의 동굴이 있다
동굴은 적막하고 간혹 물이 흐른다
신이 동굴을 만들 때
허파와 내통하게 만들었으며
마시는 산소가 허파로 운반된다
허파는 동굴로 이산화탄소를 배출한다
이런 작용으로 인간이 산다
콧대가 낮은 사람은 겸허하나
콧대가 높은 사람은 오만방자하다
코는 온갖 냄새를 맡아보고
평가하는 분석관이다

정
일
남

정일남 _ 1970년 강원일보 신춘문예 등단. 시집으로 〈훈장〉 외 다수.

정
종
숙

어느 기도

액운이 떨어지지 않는 날이 잦아지면
엄마는 시루에 곱게 빻아온 쌀가루를 넣고 시루떡을 쪘다

물안개처럼 피어오르는 김 앞에서
엄마는 간절한 기도를 익혔고 철없는 아이들은
찜통과 시루 사이에 붙여놓은 말랑한 밀가루 반죽이 익어
딱딱한 과자가 되길 기다렸다

시루를 올려놓은 장독대 앞에서
눈을 감고
두 손을 모아 코에 대고
엄마는 오래도록 기도를 올렸다

영문을 모르는 아이들도 엄마 뒤에서
두 손을 모아 코에 대고 기도를 올렸다

그런 날에는
달이 시루에 내려앉았다

정종숙 _ 2020년 《시와 소금》 신인문학상 등단.

향기에 대하여

눈 지그시 감고 귀 축, 늘어뜨리고
앞발로 턱 괴고 세상 관심 없는 척
햇살 바른 양지쪽 나직이 엎드려 있는
누추할지언정 충직한 견공犬公 앞에서
향기에 대하여 일체 말하지 말라
등 돌린 그대의 그대 뒤에서
화려한 허울의 냄새에 애원하지 마라
잠시 뜨거운 한 생의 사랑은 한낮
돌아가는 시곗바늘의 작은 부속과 같은 것
그대와의 연결고리가 되지 않으면 안 된다는 것
만남도 지척이어야 은은한 향기가 난다는 것
멀어져가는 뒷모습에 아쉬워하지 마라
어느 지난 계절의 그저 그런 일인 것처럼
추억의 향기를 천천히 뒤따라가야 하는 것
꽃을 찾아 나분히 내려앉는 저 나비처럼
피곤한 하루를 마치고 집으로 돌아오는 길
당신의 먼 체취體臭만으로 꼬리를 흔들며 달려 나오는,
오줌 질질 흘리며 반가이 짖어대는, 당신의 뒤
그 어디를 따라오며 세상 최고의 향기인 듯
킁킁 냄새를 맡고 있는, 오 오, 기막힌

정중화 _ 2003년 《문학세계》 등단. 시집으로 〈바람의 이야기를 듣는 법〉〈당신의 빈틈을 내가 채운다〉
등이 있음. 수향시낭송회 회장 엮임. 삼악시동인회, 춘천문인협회 회원.

여래와 여래 사이

갓바위 길을, 코앞에 두고 카페에 앉아 차를 마신다
핑계보다는 멀리서 보는 것 또한 괜찮은 일
사람이 이무기처럼 오르는 계단이 하얗게 빨아져
보풀거리거나 말거나 갓바위 부처만 외우는
입시부터, 정초까지 하심河心을 위해 코가 닳도록
엎드리는 거기는, 설 자리마저 없다
내 것이었으나 보시도 되는 코를 박고
갓바위 부처를 부르는 것이다
합장으로 성에 안 차는지
사람이라는 원초적인 생물을 벗는
무량한 시험이 얼마나 부서지는 일인가
산 추위가 뺨들을 얼려 전부가 복사꽃처럼 붉어
마음이 가장 먼저 닿은 곳에 발원이 피듯
모두들 떠밀리듯 코를 내려놓고 부복하는 동안
코를 잡아끄는 차 한 잔과 독대라니
편하다 싶어도 여전히 나는 거기 있는 것이고

정하해 _ 경북 포항 출생 2003년 《시안》 등단. 시집으로 〈젖은 잎들을 내다 버리는 시간〉 〈바닷가 오월〉
등이 있음. 2018년 대구시인협회상 수상.

코

세상에는
콧대가 높은 자들도 많다는데
언젠가 내 진흙에는 그저 "훅",
구멍에 숨을 깊이 불어넣었다
어제는 산골 햇봄의 집안을 들어가는데
귤나무에는 별 같은 하얀 꽃들이
향기를 쏟아 벌에 쏘이듯
그 향기에 온몸이 감전되어
자지러졌다
오늘도 밀물 썰물로 들고 나는 풀무질로
깊은숨을 쉬며
내가 이 땅에 남아
혼자서 토성으로 걸어가며
너에게 나도 사람의 향기가 될 수 있을까,
귤나무에게 묻고 또 묻는 밤이다

조
성
림

조성림 _ 2001년 《문학세계》 신인상 등단. 시집으로 〈지상의 편지〉 〈세월 정류장〉 〈겨울노래〉 〈천안행〉
〈눈보라 속을 걸어가는 악기〉 〈붉은 가슴〉 〈그늘의 기원〉 등. 시선집으로 〈낙타를 타고 소금 바다를 건너
다〉가 있음.

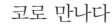

코로 만나다

조
승
래

구린내 나는 사람 향기로운 사람
다 구분해 내는 이것이 없었더라면
숨도 제대로 못 쉬고 살았을 거야

콧등으로 다른 콧등을 부빌 때
느껴지는 뜨거운 숨결의 맛
단번에 좋은 사람인 줄 알았지

영역 넘어 쿵쿵거리던 사람은
큰코다쳐도 크게 다쳤지
작은 코로도 충분히 들숨 날숨 쉬는 자
코 다칠 일, 평생 없을 것

언제나 새록새록
배냇저고리 냄새의 기억
잊지 못하지

조승래 _ 경남 함안 출생. 2010년 《시와시학》 등단. 시집으로 〈몽고 조랑말〉 〈내 생의 워낭소리〉 〈타지 않는 점〉 〈하오의 숲〉 〈칭다오 잔교 위〉 〈뼈가 눕다〉가 있음. 영남문학상 수상. 한국타이어 상무와 단국대 겸임교수 역임(경영학 박사). 현재 씨앤씨 와이드(주) 대표.

코가 사라졌다

검은 마스크가 드리워진 이쁜 콧잔등이여

별일 아니어도 자주 훌쩍 눈물 떨구던 어린 날의 콧망울은
기억한다 어떤 냄새도 봄날의 꽃잎처럼 향기롭거나 감미롭지
않다는 걸,

맡을 수 없는 냄새는 내 안의 냄새, 보이지 않는 내 안의 흑점,

몰래 마스크를 벗고 실핏줄이 얼비친 하늘 가까이 폐부를
활짝 열어 보고 싶은 날,

당신 숨결은 유폐되고 나는 시신처럼 격리되어도 창세기의
새는 후루루 노래하고 산수유 꽃은 철없이 터진다

주검을 태운 잿빛 연기가 달을 가려도 풀꽃의 눈물 어디로
흘러내리나

역병이 뒤덮인 지구, 지구의 코가 사라져도 어디선가 초록
잎새를 흔들며 빈대처럼 기어드는 햇살

조
연
향

조연향 _ 2000년 《시와시학》 등단. 시집으로 〈제1초소, 새들 날아가다〉 〈오목눈숲새 이야기〉 〈토네이토
딸기〉가 있음. 저서로 〈김소월 백석 민속성연구〉가 있음.

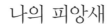

조
정
이

나의 피앙새

당신은 바람으로 다져진 알갱이다
에티오피아에서 달려온 검은 바람
부드러운 체취를 껴안았을 때
첫 느낌
첫 키스
고원을 넘어선 바람으로 뜨겁다

입술을 당신에게 헌납한다

한 마디 없어도, 진한 대답에 귓불이 붉어진다

눈빛이 은방울꽃으로 빛나면서
이파리에 매달려 이슬방울로 둥글어진다

아라비카 원두로 달려온 당신의 족보를 코끝으로 읽었을 때
가슴 바닥에 숨죽이던, 피톨 끓어오르는 소리가 났다

내 심장을 흔드는 건 독기일까
설령 네게 마법이 있다 할지라도
코끝 끌어가는 취향만으로 두렵지 않다

아프리카 원색으로 채워진 바람의 결정체인 네게
송두리째 매몰되고 싶다

조정이 _ 경남 사천 출생 2017년 《문학도시》 등단. 시집으로 〈랍비 저수지에 있다〉가 있음. 부산문인협회, 그림나무시문학회 회원.

심판관*

귀 잘생긴 거지는 봤어도 코 잘생긴 거지는 못 봤는데
어디 보자, 밥값 잘 내는 콧대가 높은 A에게 너는 콧기둥이
대들보 같고 윤기 나는 게 말년까지 부귀영화를 누리겠어
그러자, 그 친구 기분이 업되어 오늘 술값은 자기가 쏜댄다

먹고살기 힘들다고 시부렁거리는 양코 닮은 B에게 야야 너 인마
내 말 들어봐 너는 콧잔등이 풍부해서 앞으로 잘 될 거니까
우는소리 그만해 그러자,
그 친구 요즘 세상 미쳐 돌아간다며 글라스 잔 원샷
승진 심사에서 탈락해 연실 잔을 비우는 C에게
너는 콧구멍이 작아서 떨어진 거야 조상을 탓해야지 그러자,
그 친구 술잔에 비친 콧방울을 천장으로 밀어 올리며 쓰벌

코가 잘생겨서 이제 빈대로 살아간다는 사내
2차 가서 맥주 한잔 더하자는 일행을 향해
새끼손톱에 낀 코딱지를 송곳니로 뜯으며 집에 가잔다
야야 대리비 안주냐며 빈지갑 흔드는 사내 그러자, 그 친구들
일제히 뭬야 사요나라 짜이찌엔 씨유레러로 꺼져

* 관상학에서 오관 중 코에 해당하는 부

조태명

조태명 _ 2018년 《시와소금》 등단. 행정학 박사. 현재 용인문학회 회원.

그저 그냥 그렇게

주
경
림

영주 가흥동 절벽 위에 부처님,
낙동강 물줄기 서천을 바라보고 있다

화강암 절벽 위에 우뚝했던 자리를
길과 집터로 다 내주고
가까스로 암벽만 남아 찻길로 나왔는데도
서천을 바라보고 있다

아들을 낳을 수 있다고 코를 떼어가고
장님을 면하겠다고 눈을 빼갔는데도
오른 손바닥을 밖으로 향하게 들어 올리며
"두려워하지 마라"
왼 손을 아래로 드리우며
"원하는 바를 이루리라" 위로하며
우리를 바라보고 있다

절벽마저 무너진다 해도
한결같은 그 모습,
여여부동如如不動한 부처님 자리.

주경림 _ 1992년 《자유문학》 등단. 시집으로 〈뻐꾸기창〉 외 3권. 한국시문학상, 중앙뉴스 문학상 수상.

코의 미학

진
명
희

　얼굴에서 나는 코가 작은 편이다. 그렇다고 숨을 덜 쉬는 것
은 아니다. 오히려 들숨과 날숨은 더 바삐 움직이며 최선을 다
한다. 바쁘게 움직이는 하루의 일과에 숨쉬기만큼 중요한 일
이 또 있을까. 숨을 쉬지 않으면 바쁘게 움직였던 하루의 시간
도 도루묵이 될 테니 말이다. 곁눈질할 시간조차 없는 빈틈없
는 틈바구니에서도 유일하게 살아남아 보란 듯이 가장 중앙
에 자리 보존을 하고 있다. 그러니 콧방귀 뀌면서 잘난 체도
할만하지 않는가. 이마가 높다 해도 코보다 낮은 것을, 사람
들은 보통 높은 것은 위에 있는 줄 알고 고개를 든다. 들고 있
는 고개 위로 가끔은 빗물도 뿌리고 진눈깨비도 내려앉는다.
하지만 순식간에 사라져버린다. 내 것이 아닌 것은 모두 잠시
머무르는 것일 뿐, 우리에게 영원한 것이 없다는 진리 속에서
도 생명이 있는 한 코의 본분은 영원하리란 것을, 다시 한번
숨 고르기로 옷 매무새를 고쳐보자. 그리고 가쁜한 숨소리로
나를 가다듬어 보자.

진명희 _ 2000년 《조선문학》 등단. 시집으로 《여정》 외 4권. 충남문화예술상, 매헌문학상, 국제문학 올
해의 작가상, 충남시협 작품상 등 수상. 현재 충남시협 감사, 충남문학 이사.

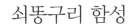

쇠똥구리 함성

진
순
분

비켜라, 태산 같은 쇠똥 경단 납신다
쇠똥 먹어 알 낳고 애벌레 다시 자라
온종일 물구나무서서
험한 길 굴러간다

물렀거라, 냄새난다고 코 막는 사람들아
세상의 더러운 것 정화 시키는 귀한 몸
지구를 번쩍 굴릴 때
꿈도 한 겹 입혀진다

진순분 _ 1990년 경인일보 신춘문예 시조 당선. 시집으로 〈익명의 첫 숨〉 외 5권. 시조시학상 본상, 수원
문학 작품상, 올해의시조집상 등 수상.

채재순 __ 낙타

최금녀 __ 냄새

최숙자 __ 고삐

최순섭 __ 코로 나온 봄

최영철 __ 코코코

최자원 __ 에미 코를 닮아

최정란 __ 피노키오

최현순 __ 독구

하두자 __ 와인, 넝쿨 쿵쿵

한경용 __ 연어

한성희 __ 코끝으로 울었다

한승태 __ 사소한 구원

한이나 __ 청호반새, 저 꽃잎

허 림 __ 삐뚤어진 코

허 석 __ 코를 골다

허형만 __ 코

현종길 __ 코, 거꾸로 가는 세상을 알지

홍사성 __ 콧대를 꺾다

홍재현 __ 코끼리 코가 긴 이유

홍진기 __ '코'로나 벌 받기

황미라 __ 민들레비누

황상순 __ 모선母船

황서영 __ 코 ─ 공작교실

채
재
순

낙타

모래바람 견디며 사는 게 생이라고
세상 짐이란 짐 다 지고 오가는 낙타
채찍 내리쳐도 꿈쩍도 하지 않는 저 고집
달콤한 잠이 고픈 게야
자고 또 자고 나면 가뿐해질까
자꾸만 멈춰 서서 뒷발질해대는 낙타
이제 좀 쉬어가자고
뚜벅뚜벅 걷다가도
문득 멈춰 버리곤 하는 그
한번 간 길 잊지 않고 용케도 찾아가지

뒷다리 사이에 있는 지방주머니로 몸 데우며
사막 추위 견디곤 하지
무더울 땐 몸에서 찬 기운을,
추울 땐 따스한 기운을 코로 힘껏 뿜어내서
추위 타는 것들 모여들게 하는
아직도 어디선가 더는 못 걷겠다며 버티고 있을까
누군가 기대어 온다면 제 곁을 흔쾌히 자릴 내줄
코 힘 좋은 그

채재순 _ 1994년 《시문학》 등단. 시집으로 《복사꽃소금》 외 3권. 강원문학작가상 수상. 현재 속초 청호 초등학교 교장으로 근무.

냄새

아침마다
호박 하나 호박 둘 호박 셋…… 호박 열넷
호박 열네 개나 끌어안은
호박 줄기가
고래 심줄 같다
대문 위에 쓰레기통 뒤에 소나무 가지 속에 숨겨놓고

자갈치 시장 좌판에서 어머니, 고래를 썰어 팔았다
고래 심줄이 닳아빠질 때까지

오늘 아침
저 소나무 가지가 찢어져도
새끼들을 놓지 않을 고래 심줄

비릿하다

최
금
녀

최금녀 _ 1998년 《문예운동》 등단. 시집으로 〈바람에게 밥 사주고 싶다〉 외 6권. 시선집으로 〈한 줄, 혹은 두 줄〉 〈최금녀의 시와 시세계〉가 있음. 펜문학상, 현대시인상, 한국여성문학상, 미네르바작품상 수상. (사)한국여성문학인회 이사장 역임.

최
숙
자

고삐

진달래꽃 꺾으려다
코를 꿰이던 봄날
코뚜레 송아지도
온밤 울었다

점점 부풀어 오르는
상처를 숨기려고
대청봉 눈잣나무 숲처럼
납작 엎드려
바람 지나가길 기다렸다

숨쉬기도 부끄럽던
침묵의 시간
낙타는 밧줄을 풀고
노을 속으로 걸어간다

당당해 져라
클레오파트라

최숙자 _ 2004년 《문학마을》 등단. 시집으로 〈내가 강을 건너는 동안〉 〈안개의 발〉이 있음

코로 나온 봄

오다가 되돌아갔나

지난해 찾아온 봄, 그녀가 올까 싶어 기다리는데

가지 끝에 남은 잔설을 핥으며 매화가 붉은 혀를 내밀고 있다

산수유 생강나무 꽃이 아기 볼처럼 젖병을 빨고

뻥이요! 하고 소리치는 뻥튀기 아저씨의 목소리에 뻥뻥 벚꽃

이 터져 나오는데

얼굴은 모두 마스크를 쓰고 있어

빼꼼 보이는 눈 어딜 봐도 코가 없어

누가 누군지 알 수 없다

추적이 어려운 곳으로 숨어 찾아온 봄

그녀는 어느 날 홍매 청매 황매 산수유 생강나무 개나리 벚

꽃 진달래 철쭉이

한꺼번에 피범벅이 되어서야 겨우 찾아왔다

인적이 드문 밤 발소리 끊인 산길에서

슬쩍 그녀를 그러당겨 마스크를 밀어젖히는 순간

그녀의 볼 향기

아, 달다 코로 나온 봄

꽃향기

최순섭 _ 1978년 《시밭》 동인으로 작품활동 시작. 시집으로 〈말똥.말똥〉 등이 있음. (현)환경신문 에코데 일리 문화부장. 한국가톨릭독서아카데미 상임위원. 이대, 동대 평생교육원 출강.

최
순
섭

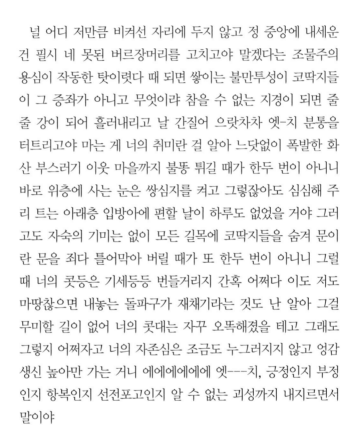

최
영
철

코코코

  널 어디 저만큼 비켜선 자리에 두지 않고 정 중앙에 내세운 건 필시 네 못된 버르장머리를 고치고야 말겠다는 조물주의 용심이 작동한 탓이렷다 때 되면 쌓이는 불만투성이 코딱지들이 그 증좌가 아니고 무엇이랴 참을 수 없는 지경이 되면 줄줄 강이 되어 흘러내리고 날 간질어 으랏차차 엣-치 분통을 터트리고야 마는 게 너의 취미란 걸 알아 느닷없이 폭발한 화산 부스러기 이웃 마을까지 불똥 튀길 때가 한두 번이 아니니 바로 위층에 사는 눈은 쌍심지를 켜고 그렇잖아도 심심해 주리 트는 아래층 입방아에 편할 날이 하루도 없었을 거야 그러고도 자숙의 기미는 없이 모든 길목에 코딱지들을 숨겨 문이란 문을 죄다 틀어막아 버릴 때가 또 한두 번이 아니니 그럴 때 너의 콧등은 기세등등 번들거리지 간혹 어쩌다 이도 저도 마땅찮으면 내놓는 돌파구가 재채기라는 것도 난 알아 그걸 무미할 길이 없어 너의 콧대는 자꾸 오똑해졌을 테고 그래도 그렇지 어쩌자고 너의 자존심은 조금도 누그러지지 않고 엉감생신 높아만 가는 거니 에에에에에 엣---치, 긍정인지 부정인지 항복인지 선전포고인지 알 수 없는 괴성까지 내지르면서 말이야

최영철 _ 1986년 한국일보 신춘문예 시 당선. 시집으로 〈일광욕하는 가구〉 〈돌돌〉 〈말라간다 날아간다 흩어진다〉 외. 백석문학상, 최계락문학상, 이형기문학상 등 수상.

에미 코를 닮아

최
자
원

오래전, 생의 내음을 처음 알아가기 시작할 즈음
돌팔이 관상쟁이였다던 단골 할매가 그랬단다

코는, 애비를 안 닮고, 가파르게 흐른 에미 코를 뺐으니 똑
에미 팔자다

돼지머리를 고느라 종일 누린 내 가득한 식당 바닥을 종종
이며 한 생을 보낸 어미는,
남편 사업 빚을 꺼나가며 자신의 청춘을 소진했던 어미는,
삼십 년 전 돌팔이 말을 떠올리며 딸 걱정에 잠을 설쳤다

얼마 전, 향의 빛깔을 가늠할 수 있을 즈음
에미를 닮은 코를 보니 어떤 한파도 진득하니 버틸 거라고
용한 점쟁이가 그랬다고
듣지도 않은 헛소리를 내뱉고는 생각했다
하나의 색인 줄 알았던 생의 내음이 여러 빛깔일지 모른다고

최자원 _ 2016년 《시와소금》 상반기 신인상 당선으로 등단.

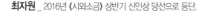

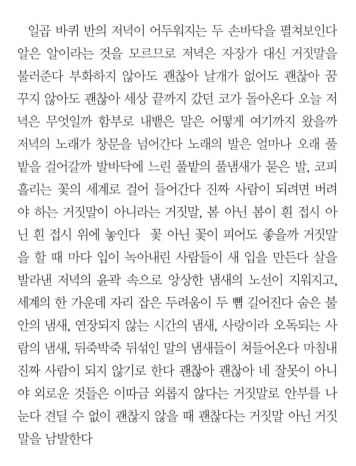

최
정
란

피노키오

일곱 바퀴 반의 저녁이 어두워지는 두 손바닥을 펼쳐보인다 알은 알이라는 것을 모르므로 저녁은 자장가 대신 거짓말을 불러준다 부화하지 않아도 괜찮아 날개가 없어도 괜찮아 꿈 꾸지 않아도 괜찮아 세상 끝까지 갔던 코가 돌아온다 오늘 저녁은 무엇일까 함부로 내뱉은 말은 어떻게 여기까지 왔을까 저녁의 노래가 창문을 넘어간다 노래의 발은 얼마나 오래 풀밭을 걸어갈까 발바닥에 느린 풀밭의 풀냄새가 묻은 발, 코피 흘리는 꽃의 세계로 걸어 들어간다 진짜 사람이 되려면 버려야 하는 거짓말이 아니라는 거짓말, 봄 아닌 봄이 흰 접시 아닌 흰 접시 위에 놓는다 꽃 아닌 꽃이 피어도 좋을까 거짓말을 할 때 마다 입이 녹아내린 사람들이 새 입을 만든다 살을 발라낸 저녁의 윤곽 속으로 앙상한 냄새의 노선이 지워지고, 세계의 한 가운데 자리 잡은 두려움이 두 뼘 길어진다 숨은 불안의 냄새, 연장되지 않는 시간의 냄새, 사랑이라 오독되는 사람의 냄새, 뒤죽박죽 뒤섞인 말의 냄새들이 쳐들어온다 마침내 진짜 사람이 되지 않기로 한다 괜찮아 괜찮아 네 잘못이 아니야 외로운 것들은 이따금 외롭지 않다는 거짓말로 안부를 나눈다 견딜 수 없이 괜찮지 않을 때 괜찮다는 거짓말 아닌 거짓말을 남발한다

최정란 _ 경북 상주 출생. 2003년 국제신문 신춘문예 등단. 시집으로 〈장미키스〉 외 3권. 시산맥작품상. 최계락문학상 수상.

독구

최
현
순

　개는 코가 마르면 죽는다! 고 어른들이 말했다. 독구의 코를
만져 보았다. 반질반질하고 윤기가 넘쳤다. 학교 갔다 오면 젤
먼저 독구 코를 만져 보았다. 그러면 독구는 킁킁거리며 꼬리
를 마구 흔들었다. 막둥이 동생마냥 독구의 눈망울은 맑았다.
때론 슬펐고, 때론 애절하게 쳐다보는 것 같았다. 독구가 쥐약
을 먹고 마루 밑에서 죽었을 때 코를 볼 새도 없이 큰형이 뒷
산에다 묻었다. 독구가 눈이라도 펑펑 쏟아지면 하늘을 올려
보며 컹컹 짖을 때가 있다. 개들은 귀신을 본다던데 환영을 보
거나 뭔가 그리움이 커서였던 것 같다. 독구처럼 하늘을 올려
다보며 컹컹 목 놓고 울어본 적이 있었던가. 독구코처럼 반질
반질한 안마당을 고갤 숙이고 킁킁대며 이생을 지나왔다. 점
점 코가 마른다. 내 코도 언젠가 독구 코처럼 말라가겠지. 독
구를 따라 유황 냄새 매캐한 불구덩이를 지나 장미꽃 향기로
운 꽃밭을 지나갈 수 있을까.

최현순 _ 2002년 《창조문학》 등단. 시집으로 〈두미리 가는 길〉 〈아버지의 만보기〉가 있음. 한국문인협
회, 강원문인협회, 춘천문인협회, 현대불교문인협회, 수향시낭송회, 풀무문학회, 삼악시 회원.

와인, 넝쿨 쿵쿵

밤과 낮 사이
빛과 공기 틈에서
기척으로 들어왔다
풍경이 멀미를 하면서
풍향계를 바꾸며 구부러진 줄기
힘겹게 쓰다듬으며 기어오른다
달달하고 새콤한
꽃 진 자리 흉터는 부풀어
저 오크통으로 들어간다
그윽하게 발효된 오래된 날씨를
자주 자주 보내주었다
더 많이 친해질 수 있는 우리는
그렇게 다정다정
진열대 방향을 회전하는
너의 향기 그득하다

하두자 _ 1998년 《심상》 등단. 시집으로 〈물수제비 뜨는 호수〉 〈물의 집에 들다〉 〈불안에게 들키다〉 외
다수.

소금시
코

연어

한
경
용

"아버지, 저 돌아왔어요."

이 소식은 사할린 강바닥에서도 들려왔다.
따스한 해류에서 느끼는 정감,
나는 물살을 거스르는 파란 힘줄과
물결에 뜯길 지느러미를 준비한다.
해원의 무늬살이 애향을 가리키며
겨울을 생산하는 바람 속에 오호츠크해가 있다.
조류란 먼 바다에 계신 당신이 끄는 물의 힘을 찾는 것,
태어난 강바닥 위, 흙모래 냄새도 코끝을 당겼으리라.
움직이며 물밑을 더듬는 찰나,
거품이 방울지는 산호더미
용왕 전에서 굿을 하고 남대천으로 돌아오나.
구름의 농도를 재는 무속으로
해가 솟는 물목마다 군무다.
그물이 쳐진 여울목에는 늘 길이 부서지지만
연어에게는 앞으로 가는 유영법만이 있을 뿐,
저 멀리 고향의 등대가 보이고
상처로 달군 몸의 피도 뜨겁다.

한경용 _ 2010년 《시에》 등단. 시집으로 《빈센트를 위한 만찬》 《넘다, 여성 시인 백년 100인보》가 있음.

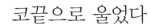

코끝으로 울었다

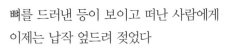

뼈를 드러낸 등이 보이고 떠난 사람에게
이제는 납작 엎드려 젖었다

아버지의 냄새는 탁주로 펄럭이는 동안
바람이라고 부를 때까지 거칠었다

누구도 그 냄새를 알아보지 못하고
그런 날은 홍도야 달빛이 흔들렸다

코를 골며 깊은 밤으로 한 사람이 지나가는 날이면
나는 냄새를 피해 곁에서 숨을 참았다

불현듯 아버지가 부를 때마다
코끝이 시큰해지다 평온해지는 숨소리

한 번도 그날의 냄새에 젖어보지 못해
나는 코끝으로 울었다

콧물 따라 노역의 몸을 풀려나
내 불구의 코가 시간 밖으로 미끄러졌다

누구도 그 냄새를 따를 수가 없었다

한성희 _ 2009년 《시평》 등단. 시집으로 《푸른숲우체국장》 《나는 당신 몸에 숨는다》가 있음. 한국문화예술위원회 아르코문학창작기금(2014년, 2019년) 수혜.

사소한 구원

한
승
태

　겨울 지나고 점심 먹으러 봄내엘 갔어 허기진 몸은 웃으면서
살구 두 개를 얻었지 하나는 그 자리에서 맛보았어 불이 번쩍
들어오고 네가 보였지 검은 필라멘트가 꿈틀거렸어 남은 하나
를 책상 위에 두었던 것인데 울타리 꽃잎 떨어지고 우물에 샘
이 차듯 이튿날부터 서류 더미는 내려앉고 창 없는 사무실에
황금빛 발자국이 가득했지 태양의 흑점이 짙어지고 익을 대로
익은 불안도 꿈틀거렸지 경계의 몸을 벗고 너의 발자국을 따
라 춤을 추었지만 너는 진득하니 한 자리 있지 못하고 또 어디
를 가나 콧속 뿌리를 촘촘하게 채우더니 메아리가 허공을 마
구 울었어 형광 빛이 절반 돌아오고 또 하루가 지나자 네가
들어온 길은 보이지 않고 사무실 가득하던 황금빛 발자국도
메아리도 사라지고

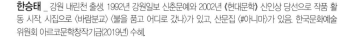

한승태 _ 강원 내린천 출생. 1992년 강원일보 신춘문예와 2002년 《현대문학》 신인상 당선으로 작품 활
동 시작. 시집으로 〈바람분교〉〈불을 품고 어디로 갔나〉가 있고, 산문집 〈#아니마〉가 있음. 한국문화예술
위원회 아르코문학창작기금(2019년) 수혜

청호반새, 저 꽃잎

한
이
나

늦사월 청호반새가 산목련 흰 꽃잎을

바위에 떨어뜨렸다

꽃의 살점이 바위를 뚫어

새긴,

문자향

한참 들여다보니

바위의 온몸이 눈이고 코이고 귀였다

입이고 마음이었다

내 안 고요함의 바위에서 빠져나가는 새의

저

날갯소리

한이나 _ 1994년 《현대시학》으로 작품 활동 시작. 시집으로 《능엄경 밖으로 사흘 가출》 《유리자화상》 《첩첩단풍 속》 《플로리안 카페에서 쓴 편지》 외 2권. 한국시문학상, 서울문예상 대상, 내륙문학상, 2016년 세종 문학나눔도서 선정.

삐뚤어진 코

여보세요 허림입니다
목소리 좋으시네요 허스키하고 비음이 섞여 로맨틱하고요
고맙습니다 코맹맹이소리를 다 관심 있게 들어주시다니요
감개무량했다
그녀는 끝내 자기가 누구라고 말하지 않았다
늘 전신의 맨 앞에서 삶의 향기를 맡고 산 코
능소화 꽃향기에 이끌려 담 넘다 코 잡히기도 하고
한눈팔다 투명 유리벽에 부딪혀 코뼈가 부러지고
어려서부터 치룬 전투의 이력에
장미꽃처럼 붉은 코피가 흥건했다
이비인후과 의사가 눈치채고
코가 삐뚤어졌네요
코 자주 막히고 부비강에 유두종 증상이 있습니다
어쩌면 좋을까요
처방 잘 내드렸으니 꾸준히 드시면 좋아질 겁니다
십오 년째 듣는 삐뚤어진 코의
병적인 코맹맹이에 허스키한 목소리
목소리 좋다고 한 그 여자는 눈치챘겠지
코 삐뚤어진 비음의 저음 혹은 쉰 목소리

허 림 _ 홍천에서 태어났으며, 1988년 강원일보 신춘문예로 등단하였다. 시집으로 〈말주머니〉 〈거기, 내면〉 〈엄마 냄새〉 외 여러 권이 있다.

허
석

코를 골다

아내가 코를 곤다
여울목 자갈 구르는 소리거나
압력밥솥 뜸 들이는 소리 같기도 한,
집안일에 근심 걱정이 많았거나
무거운 쟁기로 하루를 힘들게 끌고 왔나 보다
흙냄새가 나는 그 소리는
목줄에 걸린 밥알을 되씹는 궁핍
콧대 높게 살아본 적이 없기 때문이다
고단한 무릎을 펴지 못한 달팽이처럼
꺾이고 부러지지 않는 바람을 닮아
참고 견디는 법을 배우며 새벽을 더듬고 있다
두 어깨를 기대고 들숨 날숨 살다 보면
비바람 지나간 자리는 다 꽃밭이라는 말,
푸른 나비의 꿈이 무른 잠꼬대가 되어
백화난만한 벌판을 훨훨 날아가고 있는 거다
밤새 달까지 달려가는 작은 나방의 날갯짓인 것이다

허 석 _ 2012년 《문학세계》 등단. 국민일보 신춘문예 신앙시, 백교문학상, 농촌문학상 등 수상.

코

눈보다 아랫자리에서

겸손하게 숨결을 다듬는

입보다 윗자리에서

묵묵히 온갖 냄새도 마다 않는

코여, 고마운 코여

허
형
만

허형만 _ 1973년 《월간문학》 등단. 시집 〈불타는 얼음〉 〈황홀〉 〈바람칼〉 등 18권과 일본어시집 〈耳を葬る〉(2014), 중국어시집 〈許炯万詩賞析〉(2003), 활판시선집 〈그늘〉(2012), 한국대표서정시 100인선 〈뒷굽〉(2019) 등이 있음. 한국시인협회상, 영랑시문학상, 윤동주문학상 등 수상.

현
종
길

코, 거꾸로 가는 세상을 알지

냉장고 문을 연다
황홀하도록 향긋하고 오묘한 향기가 난다
검은 봉지 안에 속이 썩은 사과 하나
썩은 것일수록 그 냄새가 세상을 흔든다
흔들리는 세상 속에서
눈먼 자들의 큰 손이 그물망을 짠다
그물망에 걸려 실파는 간肝이 곯고
썩은 것들만 판을 친다
세상 메모리에 저장된 사과 냄새
그 뱃속은 알 수 없는 블랙홀 저장고
블랙홀에 빨려든 간肝이 어둠에 타오르지만
큰 간은 말없이 썩은 사과를 안고 뒤돌아 앉는다
귀를 닫아도 들려오는 회색 톤의 목소리
냉장고 안에 썩은 것 곯은 것 골라내듯
흘금흘금 거꾸로 사는 때절은 것들도 속아내고 싶다
텅 빈 냉장고 속 환하게 불 켜지도록…

현종길 _ 2013년 《문장21》 신인상 등단. 시집으로 《한 알의 포도가 풀무를 돌린다》 《카르페 디엠》이 있음. 국제PEN클럽, 강원여성문학인회, 삼악시 동인회 회원.

콧대를 꺾다

홍
사
성

지체 높고 돈 많고 머리까지 좋은
롯데타워보다 콧대 높은 사람들
태안의 마애삼존 꼭 한번 찾아가 볼 일이다
가서 부처님 코 한참 쳐다볼 일이다
그 부처님도 한때는 아름답고
높은 코 가졌던 분이었다 피노키오처럼
은근슬쩍 콧대 내세웠던 분이었다
그렇게 잘생긴 코였는데
지나가는 비바람 종내 못 견디고
뭉개진 순두부 꼴 되고 말았다
우리가 세우는 이 잘난 콧대쯤이야
더 말해 무엇하겠는가
지금 한껏 콧대 높게 으스대는 사람들
세울 콧대 없어 자존심 상한 사람들
꼭 한번 태안의 마애삼존 찾아가 볼 일이다
길 모르면 물어서라도 가볼 일이다
가서 내 코는 어떤지 만져보고 올 일이다

홍사성 _ 2007년 《시와시학》 등단. 시집으로 《내년에 사는 법》 《고마운 아침》이 있음.

코끼리 코가 긴 이유

홍
재
현

돌돌 말린 주둥이
펄럭이는 큰 날개
나비 한 마리 사뿐
코끼리 콧등에 앉았어요

나비는 으스대며 말했어요
―넌 나처럼 되려면 아직 멀었구나

돌돌 말린 코
펄럭이는 큰 귀
커다란 코끼리

―뭐래?
하고는 돌돌 말려있던 코를
흥!
세게 풀어버렸지요

홍재현 _ 2020년 《시와소금》 신인상 동시 등단.

'코'로나 벌 받기

홍
진
기

입을 닫고 코를 막고 살아야 하는 세상이네

살만큼 먹고
명줄 겨우 붙일 만큼
숨 쉬라네

함부로
입을 벌리다간
숨 잘린다는 똥김°이네

봄뜻에 취한 바람 코도 훌쩍 못하는 날

코로나 들이마실라
코 풀 데가 없구나

꽃잔치
향 맑은 천지를
입마개로 움켜 덮네

* 똥기다 : 어떤 일을 상대편이 알아챌 수 있도록 말해주다.

홍진기 _ 1979년 《현대문학》《시》, 1980년 《시조문학》 시조 등단. 작품집으로 《무늬》 《거울》 《빈잔》 《낙엽을 쓸며》 외 다수. 조연현문학상, 시조시학상, 성파시조문학상, 함안예술인상, 경남문학상, 경남예술인상 등 수상. 한국문협, 한국시조시협, 오늘의 시조시인 회의, 국제펜한국본부 등 자문. 한국현대시협, 국제펜 경남지역회, 가락문학회, 시향 등 고문.

민들레비누

황
미
라

　양구 특산품 민들레비누 하나 선물 받았다

　양구는 어릴 때 전근 가는 아버지 따라 삼 년 정도 살던 곳, 포장을 뜯자 쌉싸래한 냄새가 짙다 이게 민들레 향기던가 양구, 그 이름 불러본 지도 까마득한데 푸푸 세수를 하다 나는 양구 비봉산 아래 코를 박고 엎어졌다 코끝에 민들레 노란 꽃 잎이 달라붙어 떨어지지 않는다 이 나라 들판 민들레 지천일 텐데, 양구 민들레는 뭐가 달라도 다른가 보다

　거품은 방울방울 나를 머금고 길을 나선다

　책가방을 들고 학교 운동장을 지나 흙먼지 뽀얀 신작로를 가로지른다 민들레 씨앗에 숨어 멀리 도회로 날아가고 싶던, 애들아, 노올자… 군인극장 높은 계단을 오르내리고, 강둑에 앉아 수다를 떨다, 동네 골목을 바람처럼 쏘다닌다 폐암을 이기지 못해 아들 둘 남겨놓고 떠나버린 친구야, 조금만 더 놀다 가렴

　민들레비누보다 아린 양구 읍내가, 읍내보다 더 아린 추억이, 온종일 일어 꺼질 줄을 모른다 맵다

황미라 _ 1989년 《심상》 신인상 당선. 시집으로 〈빈잔〉 〈두꺼비집〉 〈스퐁나무는 사랑을 했네〉 〈달콤한 여우비〉 〈털모자가 있는 여름〉이 있음.

모선母船

황
상
순

선산중턱, 참나무 썩은 그루터기 옆에
애기더덕 작은 순 하나 솟아올라 있다
실잠자리같이 가는 몸을 뻗어
열심히 햇살을 빨고 있는 중이다
얼굴을 가까이 하자 물컥 코끝으로 밀려드는 향기
저 젖내음 뒤 어딘가에
주름 겹겹 몸 굵어진 어미더덕이 있을 테지
냄새를 좇아 숲으로 들어간다
나무들과 새, 물소리가 일제히 숨을 죽이고
내 일거수일투족을 지켜보고 있다
아무리 찾아도 큰 줄기가 눈에 띄지 않는다
혹시 더덕이 산처럼 커진 것은 아닐까
이미 산이 되어버린 것은 아닐까
온몸 구석구석 스며드는 저고리 섶 내음
낙엽 밑에서 주운 다래 한 알
공갈 젖꼭지로 입에 물고 다시 산을 오른다
산등성 양지 바른 항구, 굽은 소나무 아래
닻을 내리고 정박한 모선 한 척
금빛 바다 위에 고요히 잠들어 있다.

황상순 _ 1999년 《시문학》 등단. 시집으로 〈어름치 사랑〉 〈사과벌레의 여행〉 〈농담〉 〈오래된 약속〉 〈비둘기 경제학〉 등. 한국시문학상 수상 외.

황
서
영

코 — 공작교실

조용히
몰래몰래
동글동글

어디서든
네모 네모
세모 세모

조심스레
꺼내서
찐득찐득

조물조물
신나게
세모 네모
동글동글

재미있는 공작교실
오늘도 열림

황서영 _ 2006년 《월간문학》 등단. 제6회 푸른문학상 당선. 동시집으로 〈네 머릿속엔 뭐가 들었니?〉와 청소년소설집으로 〈복권반찬청춘일상〉이 있음.

■ 시와소금 시인선 · 112

여름은 가도
나는 너를 잊지 못한다

박영미 시집

시와소금 간행/ 176면/ 값 12,000원
구입 : 010-5211-1195, 070-8659-1195

박영미 시인은 1971년 서울에서 태어나 이화여자대학교 의과대학을 졸업하고 내과 전문의가 되었다. 2001년 도미하여 미국 피츠버그 대학교와 클리블랜드 클리닉에서 근무하였다. Case Western Reserve 대학교에서 세포생물학 박사학위를 받았으며 현재 이화여자대학교 의과대학 교수로 재직 중이다. 2020년 《시와소금》 봄호에 「겨울 식물원」과 「나비는 어디로」를 발표하며 등단하였다.

박영미 시인의 첫 시집 『여름은 가도 나는 너를 잊지 못한다』는 치열한 습작을 통해 일구어낸 그녀만의 개성적인 시 시계, 시적 자아의 현존과 부재와의 대립과 갈등을 통해 이전의 삶과 현재적 삶의 충돌을 여과 없이 보여준다. 우주 어딘가에 내던져진 '나'를 찾아 때로는 사막을 때로는 들판을, 때로는 과거로 회귀하기도 한다. 휘황한 도시의 한복판에서, 막 시작한 계절의 한 가운데서, 불타오르는 청춘의 한때를 향해 마구 돌진하기도 한다. 슬픔과 비애, 눈물과 상실의 현실은 늘 그렇듯 현재 진행형이기도 하고 아득히 먼 과거의 일이기도 하여서 작열하는 태양 아래 내던져진 자아는 휘청거리기도 하지만 곧 삶의 열정에 마음을 활짝 열어젖히는 해맑음을 보이기도 하는 것이다. 시를 통해 존재를 자각하는 시인은 누구보다 씩씩하고 건강한, 올곧게 또한 착실하게 세상의 그 어떤 장애물도 뛰어넘는 강렬한 에너지를 가졌다.

— **박해림**(시인·문학박사), 「작품해설」에서

시와소금 테마시집

코

ⓒ김광규 외. printed in Seoul, Korea

초판 1쇄 인쇄 2020년 6월 15일
초판 1쇄 발행 2020년 6월 20일

지 은 이 김광규 외 186인
펴 낸 이 임세한
책임편집 박해림
디 자 인 유재미 정지은

펴낸곳 시와소금
출판등록 2014년 1월 28일 제424호
발행 강원도 춘천시 충혼길 20번길 4호. (우 24436)
편집 서울시 중구 퇴계로50길 43-7 (우 04618)
전자우편 sisogum@hanmail.net
팩스겸용 033-251-1195, 010-5211-1195

ISBN 979-11-6325-014-2 03810

값 15,000원

송금계좌 : 국민은행 231401-04-145670